Te vendo un perro

Juan Pablo Villalobos

Te vendo
un perro

EDITORIAL ANAGRAMA
BARCELONA

*Este libro se realizó con apoyo del Fondo Nacional para la Cultura y las Artes
a través del Sistema Nacional de Creadores de Arte 2012*

Ilustración: foto © Luis Alfonso Villalobos

Primera edición: enero 2015

Diseño de la colección: Julio Vivas y Estudio A

© Juan Pablo Villalobos, 2014

© EDITORIAL ANAGRAMA, S. A., 2014
    Pedró de la Creu, 58
    08034 Barcelona

ISBN: 978-84-339-9785-2
Depósito Legal: B. 16988-2014

Printed in Spain

Reinbook Imprès, sl, av. Barcelona, 260 - Polígon El Pla
08750 Molins de Rei

Para Andreia

Me perturba su vestido rosa. No me deja morir.

JUAN O'GORMAN

Quizá entienda en la otra vida, en ésta sólo imagino.

DANIEL SADA

Qué de estómagos pudieran ladrar si resucitaran los perros que les hicisteis comer.

QUEVEDO

Teoría estética

Por aquella época, cada mañana al salir de mi departamento, el 3-C, tropezaba en el pasillo con la vecina del 3-D, a la que se le había metido en la cabeza que yo estaba escribiendo una novela. La vecina se llamaba Francesca y yo, faltaba más, no estaba escribiendo una novela. El nombre había que pronunciarlo *Franchesca*, para que sonara más arrabalero. Después de saludarnos con un arqueo de cejas, nos parábamos a esperar delante de la puerta del elevador, que dividía el edificio en dos y subía y bajaba como la bragueta de un pantalón. Por comparaciones como ésta, Francesca iba diciéndole a todos los vecinos que yo me le andaba insinuando. Y también por llamarla Francesca, que no era su nombre de verdad, era el nombre con el que yo la había apodado en mi supuesta novela.

Había días en que el ascensor tardaba horas en llegar, como si ignorara que los usuarios éramos ancianos y pensara que nos quedaba todo el tiempo del mundo por delante y no por detrás. O como si lo supiera pero le importara un pepino. Cuando por fin se abrían las puertas, los dos entrábamos, empezábamos a bajar despacito y a Francesca se le subían los colores al rostro, por puro efecto me-

13

tafórico. El aparato iba tan lentamente que parecía que lo movían unas manos pícaras que demoraran a propósito, para aumentar la calentura y postergar la consumación, el descenso de la bragueta. Las cucarachas, que infestaban el edificio, aprovechaban el viaje y bajaban a visitar a las colegas del zaguán. Yo empleaba el tiempo libre en el ascensor para apachurrarlas. Ahí era más fácil darles caza que en casa, en los pasillos o en el zaguán, aunque también más peligroso. Tenía que pisarlas de manera firme pero sin exagerar, si no corríamos el riesgo de que el elevador se desplomara. Yo le pedía a Francesca que se quedara quieta. Una vez le había pisado un dedo y me había obligado a pagarle el taxi hasta el podólogo.

En el zaguán la aguardaban sus achichincles de la tertulia literaria, pobrecitos: los obligaba a leer una novela atrás de otra. Se pasaban las horas en el zagúan, de lunes a domingo. Habían comprado en el tianguis unas lamparitas de pilas que se enganchaban a la portada del libro junto con una lupa. Hechas en China. Las cuidaban con un cariño tan indecente que parecía que fueran el invento más importante desde la pólvora o el maoísmo. Yo me escabullía entre las sillas, situadas formando una rueda, como en terapia de rehabilitación o secta satánica, y cuando alcanzaba la puerta y presentía la inminencia de la calle, con sus baches y su peste a fritanga, les gritaba como despedida:

—¡Cuando terminen me pasan el libro! ¡Tengo una mesa con la pata coja!

Y Francesca me respondía, sin variaciones:

—¡*Franchesca* es nombre de puta italiana! ¡Viejo rabo verde!

Eran diez tertulianos, más la lideresa. De vez en cuando se moría alguno, o era declarado incapaz de seguir vi-

14

viendo sin asistencia y lo mandaban a un asilo, pero Francesca siempre se las arreglaba para engatusar al nuevo inquilino. En el edificio había doce departamentos, repartidos en tres pisos, cuatro por piso. Ahí nada más vivían viudos y solterones, o más bien viudas y solteronas, porque las mujeres eran mayoría. El edificio estaba en el número 78 de la calle Basilia Franco, una calle como cualquier otra de la Ciudad de México, tan descascarillada y cochambrosa como cualquier otra, quiero decir. La única anomalía en ella era justamente ésta, el gueto de la tercera edad: *el edificio de los viejitos,* como lo llamaban el resto de los vecinos de la cuadra, tan viejo y ruinoso como sus habitantes. El número del edificio era el mismo que mi edad, con la diferencia de que la numeración de la cuadra no aumentaba con cada año que pasaba.

La prueba de que la tertulia era en verdad una secta era que aguantaran tanto tiempo sentados en esas sillas. Se trataba de sillas plegables, de aluminio, de cerveza Modelo. Estoy hablando de fundamentalistas literarios, gente capaz de convencer al gerente de publicidad de la cervecería de que les regalara las sillas como parte de su programa de fomento a la cultura. Resultaba de lo más rebuscado, pero la publicidad subliminal funcionaba: yo salía del edificio y me iba directo a la cantina, a tomar la primera cerveza del día.

La tertulia no era la única desgracia en la rutina del edificio. Hipólita, del 2-C, daba clases de modelado en migajón los martes, jueves y sábados. Había un instructor que venía los lunes y los viernes para hacer ejercicios aeróbicos a la vuelta, en el Jardín de Epicuro, un parque repleto de maleza y arbustos en el que más que oxígeno lo que había era dióxido y monóxido de carbono, óxidos de nitrógeno y de azufre. Francesca, que había sido profesora

15

de idiomas, daba clases particulares de inglés. Y además había yoga, computación y macramé. Todo organizado por los propios vecinos, que creían que jubilarse era como la educación preescolar. Había que aguantar todo eso más el estado lamentable en el que se encontraba el edificio, pero, en compensación, el precio de la renta estaba congelado desde el inicio de los tiempos.

También se organizaban excursiones a museos y a lugares de interés histórico. Cada vez que en el zaguán pegaban el aviso de la visita a una exposición, yo preguntaba:

—¿Alguien sabe cuánto cuesta la cerveza en ese antro?

No era una pregunta cualquiera, había llegado a pagar a cincuenta pesos la cerveza en la cafetería de un museo. ¡El precio de un mes de renta! Yo no podía permitirme esa clase de lujos, tenía que sobrevivir con mis ahorros, que, según mis cálculos, alcanzarían a este ritmo ocho años más. Lo suficiente, pensaba, para que antes la calaca se pasara a hacerme una visita. *A este ritmo*, por cierto, lo llaman elegantemente *vida estoica*, aunque yo lo llamaba mala vida a secas. ¡Tenía que llevar la cuenta de las copas que tomaba al día para no salirme del presupuesto! Y la llevaba, metódicamente, el problema era que por la noche la perdía. Así que los ocho años quizá estuvieran mal calculados y fueran siete o seis. O cinco. El hecho de que la suma de las copas que me tomaba cada día acabara dando la vuelta para convertirse en una cuenta regresiva me ponía bastante nervioso. Y entre más nervioso, más me costaba llevar la cuenta.

En otras ocasiones, mientras el ascensor bajaba, Francesca se ponía a darme consejos para la escritura de la novela, que, como ya dije, yo no estaba escribiendo. Bajar tres pisos a esa velocidad alcanzaba para recorrer dos siglos de teoría literaria. Decía que a mis personajes les faltaba profundidad, como si fueran agujeros. Y que mi estilo necesitaba más textura, como si estuviera comprando tela para cortinas. Hablaba con una claridad asombrosa, articulando las sílabas de modo tan riguroso que las ideas que transmitía, por más estrafalarias que fueran, sonaban a evidencia. Era como si alcanzara la verdad absoluta a través de la pronunciación y, encima, empleara técnicas de hipnosis. ¡Y funcionaba! Así había llegado a dictadora de la tertulia, a presidenta de la asamblea del edificio, a autoridad última en materia de chismes y calumnias. Yo dejaba de ponerle atención y cerraba los ojos para concentrarme en el descenso de mi bragueta. Luego el ascensor rebotaba al llegar al zaguán y Francesca hilaba una última frase que yo agarraba deshilachada por haber perdido el hilo de su perorata:

–Le va a pasar como a los yucatecos, que buscan y buscan y no buscan.

Y yo le respondía:

–Quien no busca no encuentra.

Ésa era una frase de Schönberg que a mí me recordaba a mi madre hace setenta años, cuando yo perdía un calcetín. Yo buscaba y buscaba y luego resultaba que el calcetín se lo había comido el perro. Mi madre murió en 1985, en el terremoto. El perro se le adelantó más de cuarenta años y por atrabancado no se enteró del desenlace de la Segunda Guerra Mundial: se tragó unas medias de nylon, larguísimas, tan largas como las piernas de la secretaria de mi papá.

Había llegado a vivir al edificio una tarde de verano hacía un año y medio, cargando una maleta con ropa, dos cajas de pertenencias, un cuadro y un caballete. Los muebles y unos cuantos aparatos los había traído la mudanza por la mañana. Al atravesar el zaguán, fui esquivando los bultos de la tertulia y repitiendo:

—No se vayan a molestar, no se vayan a molestar.

Por supuesto, nadie se molestaba, todo el mundo fingía que continuaba con la lectura, aunque lo que en verdad estaban haciendo era mirarme de soslayo. Cuando por fin alcancé la puerta del elevador, escuché el rumor que comenzaba en la boca de Francesca y se extendía de boca en oreja cual teléfono descompuesto:

—¡Es un artista!

—¡Es una pista!

—¡Es un taxista!

—¡Es un nazista!

Subí en el ascensor con las cosas que cupieron y, diez minutos más tarde, al volver al zaguán para cargar el resto, como un Sísifo lento lento, me encontré con que los tertulianos habían organizado un coctel de bienvenida con champaña de Zacatecas y galletas saladas embarradas de paté de atún con mayonesa.

—¡Bienvenido! —gritó Hipólita, al tiempo que me tendía un atomizador de DDT—, es un detallito, pero lo va a necesitar.

—Usted disculpará —dijo Francesca—, ¡no sabíamos que era artista! De haberlo sabido habríamos puesto a enfriar la champaña.

Agarré el vaso de plástico desechable que me ofrecían, lleno hasta el borde de champaña caliente, y estiré el brazo para brindar cuando Francesca exclamó:

—¡Por el arte!

El brazo me había quedado extendido demasiado horizontal, por lo que parecía que en lugar de brindar lo que pretendía era devolverles el vaso, que, de hecho, era lo que quería. Entonces me pidieron que hablara, que dijera unas palabras en nombre del arte, y lo que dije, mirando desconsoladamente la erupción furiosa de burbujas en el vaso desechable, fue:

—Preferiría una cerveza.

Francesca sacó un billete arrugado de veinte pesos de su monedero y le ordenó a uno de los tertulianos:

—Ve a la tiendita de la esquina a traer una cerveza para el artista.

Medio aturdido por la confusión, alcanzaba a escuchar el tropel de preguntas que marchaban hacia mí para derrotar mi anonimato:

—¿Qué edad tiene, oiga?

—¿Es viudo?

—¿Eso es su nariz?

—¿Dónde vivía antes?

—¿Es solterón?

—¿Por qué no se peina?

Yo sonreía inmóvil, con el vaso de champaña intacto en la mano derecha y el atomizador de DDT en la izquierda, hasta que se hizo el silencio para que yo respondiera.

–¿Y? –dijo Francesca.

–Me parece que hay un malentendido –dije, infelizmente antes de que el que iba por la cerveza alcanzara a salir del edificio–, yo no soy artista.

–¡Se los dije!, ¡es taxista! –gritó Hipólita, triunfante, y descubrí que su boca estaba coronada por una pelusilla oscura.

–En realidad estoy jubilado –continué.

–¡Un artista jubilado! –festejó Francesca–. No se disculpe, aquí todos estamos jubilados. Todos menos los que nunca hicieron nada.

–Yo también me jubilé de la familia –intervino Hipólita.

–No, no, yo no fui artista –aseguré con un ímpetu que hasta a mí me pareció sospechoso.

Un tertuliano que se estaba acercando para ofrendarme un plato repleto de galletas dio media vuelta y lo depositó encima de una de las sillas.

–¿Voy por la cerveza o no? –preguntó el otro desde la puerta.

–Espera –le ordenó Francesca, y luego me preguntó–: ¿Y el caballete y el cuadro?

–Son cosas de mi padre –respondí–, le gustaba pintar. A mí también me gustaba pintar, pero eso fue hace mucho tiempo.

–¡Lo que nos faltaba, un artista frustrado! –exclamó Francesca–. ¡Y con pedigrí! ¿Y se puede saber a qué se dedicaba?

–Era taquero.

–¿¡Taquero!?

–Sí, tenía un puesto de tacos en la Candelaria de los Patos.

Los tertulianos se pusieron a devolver la champaña a la botella y, como las manos les temblaban, la mitad del líquido se escurría por afuera. Francesca miró al tertuliano que aguardaba el desenlace en el umbral del edificio y le ordenó:

–Dame los veinte pesos.

Sentí que el peso del vaso de champaña en mi mano derecha desaparecía, que Hipólita me arrancaba de la izquierda el atomizador de DDT, vi al tertuliano devolverle el billete arrugado a Francesca y la tertulia en pleno finiquitó el coctel repartiéndose las galletas e incrustando el corcho de vuelta en la botella, antes de reanudar la lectura. Todavía, Francesca me barrió de arriba abajo y de abajo arriba, grabándose mi destartalada figura, y sentenció:

–¡Impostor!

Yo también la miré con detenimiento, recorriendo su contorno, su cuerpo de escoba estirado y esbelto, reparé en que se había soltado el pelo y se había desabotonado un poco el escote del vestido mientras yo subía al departamento y bajaba, sentí la sacudida insólita en la entrepierna y, habiendo entendido muy rápido cómo se las gastaba, le grité el primero de los gritos que habrían de ser, a partir de aquel día, el santo y seña de nuestra rutina:

–¡Le pido disculpas por haber sido taquero, *Madame*!

Mi madre había exigido que le hicieran autopsia al perro y papá intentaba, infructuosamente, impedirlo:

—¿De qué te sirve saber de qué se murió el perro? –preguntaba.

—Tenemos que saber lo que pasó –le respondía mamá–, todo tiene una explicación.

El chucho había estado intentando vomitar la noche anterior, sin conseguirlo. Mamá contó los calcetines: estaban todos completos. Ahí le entró la sospecha, porque mi padre sacaba a pasear al perro todos los días después de la cena. Le pagó al carnicero para que abriera en canal al chucho. Llevaron el cadáver al patiecito para colgar la ropa que había al fondo de la casa, que mi madre había alfombrado con periódicos. Mientras se hacían los preparativos, papá iba atrás de mi madre, repitiendo:

—¿Es necesario? ¿De veras es necesario? Pobre animal, es una salvajada.

Yo lo tranquilizaba:

—No te preocupes, papá, ya no le duele.

En aquella época yo iba a cumplir ocho años. Los preparativos avanzaban y, a cambio de detener la operación,

22

mi padre prometía pintar un retrato del perro que colgarían en la sala de casa, para que mamá nunca lo olvidara.

–Un retrato figurativo –especificaba papá–, nada de vanguardias.

A semejante proposición, mi madre ni contestaba. Había un litigio pendiente, es decir, eterno, acerca de un retrato cubista de mamá que mi padre había pintado cuando eran novios y que le había dado de regalo de boda. Ella odiaba el retrato porque, dependiendo del humor del día, decía que la hacía parecer un payaso, un monstruo o una gorda deforme.

–¿De veras es necesario? –volvía a preguntar mi padre.

–No quiero que vuelva a pasar y para que no vuelva a pasar tenemos que saber qué fue lo que pasó –le explicaba mamá.

Hasta un niño de ocho años era capaz de sacar conclusiones, porque el perro no podía volver a morirse. Mi hermana, que era un año mayor que yo, pero maduraba a la velocidad de las papayas, me llevó a un rincón para decirme:

–Fíjate en la cara de papá, parece que es a él al que le van a abrir las tripas.

Mi padre estaba del color de las sábanas de mi cama, que aunque estaban percudidas eran bastante lívidas, gracias a los litros de cloro que empleaba mamá. El carnicero preguntó si mi padre iba a desmayarse, si la sangre lo impresionaba. Era una tarde de verano muy calurosa y más valía darse prisa, antes de que empezara a apestar el perro. Mi madre respondió, de manera ceremoniosa y con la sangre fría que la caracterizaba al zanjar disputas familiares:

–Puede proceder.

El carnicero hizo un tajo desde la barbilla hasta el vientre. La sangre escurrió sobre una foto del presidente

Ávila Camacho, con las manos en alto, como si lo estuvieran asaltando, aunque en realidad se suponía que estaba siendo ovacionado. Mamá se agachó a escudriñar las entrañas del perro, cual adivina etrusca, para ver el futuro, y lo vio, literalmente, porque el futuro siempre es una consecuencia fatídica del pasado: una media de nylon, eterna, se había enroscado a lo largo de los intestinos del perro. Era como la frase de Schönberg, pero al revés, lo que acababa teniendo el mismo significado: mi madre había encontrado su explicación. Papá se defendió diciendo que el perro había estado husmeando en la Alameda. La casa de mis padres estaba en una vecindad del centro.

—A otro perro con ese hueso —dijo mamá.

Yo me reí y mi padre me dio un sopapo. Mi hermana se rió y mi madre la pellizcó en el brazo. Los dos nos pusimos a llorar. A la hora de la cena, papá no aguantó más: no teniendo excusa para salir, simplemente se fue y no volvió a casa nunca más. El carnicero se llevó el cadáver y prometió darle sepultura. Mi hermana lo siguió y me dijo que lo vio negociar con el taquero de la esquina. También me dijo que no se lo dijera a mamá, porque estaba muy encariñada con el perro. A eso se dedicaba en la vida, a encariñarse con los perros.

Al día siguiente, mamá no preparó la cena, de pura tristeza. Para disimular, nos llevó a los tacos. Dijo que era el inicio de una nueva vida. Mi hermana dijo que en ese caso prefería pozole. Yo, enchiladas. No hubo manera de hacerla cambiar de opinión, los tacos eran más baratos. Cuando el taquero nos vio acercarnos al puesto, meneó la cabeza como si fuéramos unos pervertidos. Tampoco era tan raro. ¿Acaso no había gente que se encariñaba con sus gallinas y luego se las comía con mole, peor aún, el día de su cumpleaños?

Se me habían ocurrido varias teorías sobre el origen de mi novela. Las teorías, quiero decir, eran sobre cómo se le había metido en la cabeza a Francesca que yo estaba escribiendo una novela. Lo más lógico sería achacarlo todo al grosor ridículo de las paredes del edificio, casi imaginarias, lo que provocaba que el espionaje fuera una actividad recreativa de primerísima popularidad. Pero además había que tener vocación de fabulador y guardar intenciones secretas: ¿si no de qué servía ir diciendo que yo estaba escribiendo una novela si no la estaba escribiendo?

Yo tenía unos cuadernos en los que dibujaba, eso sí, especialmente en la madrugada, mientras hacía resbalar por mi garganta la última del día, que a veces resultaba ser la penúltima. O la antepenúltima. Dibujaba y escribía cosas que se me ocurrían. Dibujaba y escribía y me iba adormilando, hasta que el lápiz se escurría de mi mano y yo me escurría rumbo a las sábanas. Pero de eso a escribir una novela había un gran trecho, un abismo que sólo se podría atravesar con mucha voluntad e inocencia. ¿De dónde había sacado Francesca que lo que anotaba en mi cuaderno era una novela?

Lo que de verdad me intrigaba era cómo Francesca hacía para conocer el contenido de mi cuaderno, porque lo conocía con un nivel de detalle escalofriante y se lo contaba a la tertulia como si fuera el nuevo capítulo de un folletín. Yo aprovechaba el cuaderno para mandarle recados y, debajo del dibujo de un perro que montaba a una perrita, escribía con mi letra temblorosa de araña patona: *Francesca, te espero mañana en mi departamento, a las nueve de la noche. Me tomaré la pastilla a las ocho y media, tendremos tiempo suficiente para los preámbulos y tomarnos una o dos cervecitas. Dime si quieres algo más fuerte. ¿Un tequila?, ¿un mezcal?, ¿o prefieres un whisky? Tengo un whisky de Tlalnepantla muy bueno. Ponte algo bonito, una minifalda de piel, o ese vestido rojo que te pusiste cuando nos llevaron a ver el patio del Colegio de San Ildefonso.* A la mañana siguiente, la tertulia en pleno me aguardaba en el zaguán en pie de guerra. Se ponían a tirarme jitomates podridos de la verdulería de al lado, mientras clamaban:

—¡Así no se escribe una novela!

—¡Viejo rabo verde!

—¡Eso no es una novela!

Y yo les respondía:

—¡Se los dije!

Otro día, nomás para enloquecerlos, copié en el cuaderno párrafos enteros de la *Teoría estética* de Adorno: *La exigencia de responsabilidad total de las obras de arte aumenta el peso de su culpa, por eso hay que contrapuntearla con la exigencia antitética de irresponsabilidad. Ésta recuerda al ingrediente de juego sin el cual no se puede pensar el arte. Un tono solemne condenaría al ridículo a las obras de arte, igual que el ademán de poder y magnificencia. En la obra de arte, la renuncia sin condiciones a la dignidad puede convertirse en el órganon de su fortaleza.* Ardió Troya: compraron un kilo de jitomates por cabeza.

Había adquirido el mal hábito de intentar resolver todas mis querellas recitando párrafos de la *Teoría estética.* Ya me había quitado de encima a más de un agente de telemarketing, a varios vendedores ambulantes, a decenas de promotores de seguros y a uno que quiso venderme un sepulcro a seis plazos. El ejemplar lo había encontrado en la biblioteca que puso la fundación de un banco a cuatro cuadras del edificio. Me metí el libro fajado en el pantalón, debajo de la camisa, y puse cara de diálisis ambulatoria. Ladrón que roba a ladrón. En la primera página, una página en blanco, había un sello de la Facultad de Filosofía de la UNAM. Ladrón que roba a ladrón que roba a ladrón. En la página 37 encontré, sin buscar, la frase de Schönberg que me recordaba a mi madre: quien no busca no encuentra. La *Teoría estética* estaba embutida entre las memorias de Salvador Novo y las de Fray Servando, en la sección de historia. Eso no le habría gustado a Schönberg, ni a Adorno, ni a mamá: quien no busca también encuentra.

Y al tercer día, cuando la conveniencia hubo atemperado su decepción, Francesca tocó a la puerta de mi departamento. Aunque hacía mucho calor, el escote de su vestido me hizo albergar esperanzas insólitas: como si fuera posible ganar la batalla de Puebla sin ir a Puebla. Llevaba la melena suelta y de su cuello colgaba un collar dorado delgadito del que, a su vez, pendía un anillo también delgadito, al parecer de compromiso.

—¿Puedo pasar? —preguntó.

Me hice a un lado para dejarla entrar y seguí el automatismo cortés de decirle que estaba en su casa. Pensé que debería haber ido a la farmacia. Hice una nota mental: *ir a la farmacia*.

—¿Una cervecita? —le ofrecí.

—Preferiría otra cosa —contestó—. Un anís. O un licor de almendras.

—Sólo tengo cerveza. Y agua.

—Entonces agua.

—Tome asiento, por favor.

Fui a servir el vaso de agua mientras ella se acomodaba en el silloncito, mi único sillón, que había instalado frente a la televisión. La vi de reojo inspeccionar al detalle mi departamento, deteniéndose en el cuadro que colgaba en la pared de enfrente y en la repisa de al lado de la entrada, donde se amontonaban mis cuadernos y unos cuantos libros, entre ellos ninguna novela. Había poco más que ver: la mesita del comedor, dos cajas que todavía no desempacaba y, claro, cucarachas.

Después de entregarle el vaso de agua, me quedé de pie frente a ella, recargado en la mesita, contemplando cómo daba un sorbito microscópico, porque no tenía dónde sentarme. La verdad era, más allá de mis intenciones, que el único lugar en el que podríamos estar cómodos los dos era en la cama. Crucé los brazos para hacerle saber que estaba esperando. Tardó unos segundos más en hablar, como si antes necesitara cerciorarse, dentro de su cabeza, de la construcción que debería tener la frase que estaba a punto de enunciar. Por fin abrió la boca, y lo que dijo fue:

—Vengo a invitarlo formalmente a integrarse a la tertulia literaria.

La melodía se quedó rebotando en mi cabeza en el momento posterior, mientras Francesca daba otro sorbito al vaso de agua: *vén-go a in-vi-tár-lo for-mál-mén-te a in-te-grár-se a la ter-tú-lia li-te-rá-ria*. La pausa parecía estudiada para que la frase surtiera su efecto, para que yo tuviera tiempo de llegar a la conclusión de que aquello era un honor. Un honor inmerecido, por supuesto, y ahí radicaría el poder que, si yo aceptara, Francesca tendría sobre mí a partir de ese momento.

—Muchas gracias —le respondí—, pero no me interesa. Yo no leo novelas.

El vaso le tembló en la mano derecha, había bebido tan poca agua que casi se la derrama encima. Dirigió la mirada hacia el estante de al lado de la puerta.

—Esos libros no son novelas —agregué, para zanjar cualquier confusión que pudiera haberle provocado la vista a distancia.

Francesca regresó su mirada hacia mí y volvió a tomar aire para reemprender la acometida, ahora con una estrategia inusitada.

—Pero está escribiendo una novela, si quiere escribir una novela lo mejor es leer, leer mucho.

—¿¡Cómo!? —respondí y pregunté.

—Sí, hay que conocer muy bien la tradición literaria, de lo contr...

—Yo no estoy escribiendo una novela, ¿de dónde sacó eso?

—No mienta, en el edificio todos nos enteramos de todo, somos una comunidad muy unida.

—Muy metiche, querrá decir.

Respingó molesta y me extendió el vaso para que lo pusiera sobre la mesita.

—¿Ya me perdonó por haber sido taquero? —dije, haciendo acopio de sarcasmo—. ¿Un taquero le parece digno de escribir una novela?

—Si tiene buen oído sí, debe haber oído muchas conversaciones interesantes. Pero del oído al párrafo hay un camino muy largo, si quiere le puedo ayudar, la tertulia puede serle de mucha utilidad.

—Le agradezco, pero yo no leo ni escribo novelas.

—Todos participan en la tertulia.

—Yo no.

—El inquilino anterior participaba.

—¡Y así acabó!, ¿usted cree que no sé lo que le pasó?

El inquilino anterior había fallecido, en plena lectura de la última novela de Carlos Fuentes, de un ataque al corazón, y se había quedado tieso en el mismísimo zaguán,

30

donde habían pegado, en su recuerdo, debajo de los buzones de la correspondencia, una cruz de madera, como si el mismo Carlos Fuentes a bordo de un coche deportivo lo hubiera atropellado.

—Sé que empezamos con el pie izquierdo —dijo Francesca, y se inclinó hacia adelante de manera que el anillo en el collar quedó colgando en el aire y la tela del vestido se replegó un centímetro más—. La tertulia es la oportunidad que tenemos de arreglarlo.

Me pareció percibir que el anillo en el collar giraba y temí que me quisiera hipnotizar.

—No hay nada que arreglar —respondí, desviando la mirada hacia un pedazo de cielo que podía observar a través del balcón—, no estamos descompuestos.

—¿Cómo?

—Que no soy rencoroso, no se preocupe.

—¿Lo esperamos mañana entonces? Empezamos a las diez. Ya tengo el ejemplar de la novela que estamos leyendo para usted. Apenas estamos en el segundo capítulo, nos va a alcanzar enseguida. Le puedo regalar la lamparita del anterior inquilino, si no tiene prejuicios macabros.

—No insista, no voy a participar.

Se levantó y se sacudió un montón de migajas imaginarias del vestido.

—Lo cual no quiere decir que no podamos ser amigos —continué—. La invito a tomar una copa a la cantina de la esquina, sirve que de pasadita compro en la farmacia unas pastillas que me hacen falta, ¿vamos?

—¡No puede escribir una novela sin leer novelas! —sentenció.

—¡Qué bueno! ¡Dos pájaros de un tiro!

Se fue sin responder a mi invitación. Al investigar sobre el interés que se escondía detrás de su insistencia, ade-

31

más de sus estrategias políticas de control del edificio, acabé descubriendo una razón un poco más pueril pero, con toda seguridad, más decisiva: en la librería donde encargaba las novelas le hacían un descuento especial por comprar una docena.

Cada vez que había una discusión en casa, mi madre la ganaba diciendo que papá tenía *temperamento artístico*. Dicho en el tono de voz que empleaba y puesto en el contexto en el que lo decía, parecía un defecto físico. En realidad, se trataba de una injuria que mi padre nunca aprendió a rebatir: intentaba hacerlo de palabra, pero sus acciones lo traicionaban, una y otra vez, y los ejemplos que mi madre almacenaba para confirmar su diagnóstico se multiplicaban.

Meses antes de abandonarnos, a mi padre se le había ocurrido la idea de pintar la putrefacción de una papaya. Había traído un ejemplar pequeño y un tanto marchito del mercado y lo había colocado, partido por la mitad y acompañado de un vaso de agua con un clavel blanco, sobre una mesa al lado de su caballete. Cambió varias veces la posición de la fruta y la inclinación de la flor, y cuando la composición lo hubo dejado satisfecho, nos amenazó:

–Que nadie toque nada. Y no se vayan a comer la papaya. Mi pintura será un estudio sobre el ocaso, sobre la decadencia, el declive, la finitud de la vida.

Por supuesto, al día siguiente, antes de que la papaya se pasara y para evitar que un enjambre de mosquitas fascinadas con la composición proliferara, mi madre cortó en cuadritos la papaya y nos la repartió a mi hermana y a mí, mientras papá no estaba en casa. Yo fui incapaz de comérmela, la escondí y se la entregué a mi padre cuando volvió del trabajo. Al reclamarle a mi madre su traición, ella le contestó:

—Si quieres desperdiciar una papaya, tienes que tener dinero para comprar dos.

Eso era antes de que papá consiguiera aquel trabajo como gerente de ventas donde hasta tenía una secretaria, lo cual acabó resultando un progreso de infaustas consecuencias para la familia. Mi padre posó el plato con los pedacitos de papaya en la palma de su mano derecha, rodeado por un aura de mosquitas, y se lamentó:

—El único que me comprende es el niño.

Mi madre le respondió:

—Le estás dando un pésimo ejemplo, ¡nomás falta que nos salga artista! Por qué no te pones a dibujar los cubitos de la papaya, puedes hacer un cuadro cubista. Sería un estudio de lo incompleto, de lo fragmentario, de la finitud de los recursos de una familia cuyo sostén se la pasa en las nubes, disfrutando de las frustraciones de su temperamento artístico.

Papá me devolvió la papaya:

—Ya te la puedes comer —me dijo.

Pero yo seguí sin poder comérmela: escondí el platito debajo de la cama y sólo lo tiré a la basura cuando las mosquitas trataron de poner sus huevos en mis oídos.

Escapaba de las jitomatizas como podía e iba directo a la verdulería, donde la verdulera me recibía a carcajadas.

—¡¿Estaban buenos!? —me preguntaba—, te reservé los mejores, ¡eran del Hyatt!

—¡No le des parque a los mojigatos! —le reclamaba.

—Todo el mundo tiene derecho a la insurrección, ¡hasta ellos!

La verdulera había hecho de la insurgencia su modo de vida y su sostén: nunca vi que vendiera una sola verdura mínimamente comestible. En cambio, era la proveedora oficial de todas las revueltas. Sus jitomates hediondísimos eran famosos en Paseo de la Reforma, en el Zócalo, en Bucareli y había surtido hasta a los campesinos de San Mateo Atenco cuando se levantaron contra la expropiación de sus tierras para el aeropuerto.

Lo mejor de la verdulera era que tenía cinco años menos que Francesca y once menos que yo. El efecto de la diferencia de edades, a estas alturas de la vida, había que multiplicarlo por tres, como mínimo. Podría decirse que Francesca estaba mejor conservada que la verdulera, lo cual resultaba lógico, considerando el desgaste de una vida intelectual frente a una vida de acción. Pero el estado de conservación no importaba, porque no éramos litros de leche en el refrigerador, ni carretas de los años treinta o cuarenta. Lo que de verdad importaba eran los afanes y apetitos que Francesca suponía en la verdulera, más intensos que los suyos, mucho más, incluso, en la cabeza de Francesca que en la realidad. Como la realidad era otra cosa que tampoco importaba, y sí lo que Francesca se imaginara, yo calculaba que mis coqueteos con la verdulera podrían llegar a reforzar mis posibilidades con Francesca. ¡Y eso sin considerar la magnitud rimbombante del pecho de la verdulera! Era una batalla psicológica y sexual que le habría erizado la barba al mismísimo Freud.

En la pared de la verdulería había un calendario que señalaba conmemoraciones y verduras de temporada. Marzo era tiempo de expropiación petrolera, nacimiento de Benito Juárez, calabacita y chayote. Mayo era temporada alta: día del trabajo, la Santa Cruz, batalla de Puebla, día del maestro, día del estudiante, chayote, lechuga y jitomate. En septiembre, chile poblano: informe presidencial, Niños Héroes e Independencia. En octubre y noviembre había pocas fechas, pero se vendía más jitomate que nunca: Tlatelolco, día de la raza y Revolución Mexicana.

La verdulera estiraba su brazo regordete y me alcanzaba un rollo de papel del baño para que me limpiara los restos de jitomate del rostro, del pelo, del cuello y de los brazos, y me prestaba una camiseta amarilla de la campaña del 2006 para que me cambiara. Yo le devolvía la camiseta más tarde, tan sólo para que me la acabara prestando a la siguiente jitomatiza. Eran tantas que, días yendo y días viniendo, en la calle hasta pensaban que yo era perredista. Luego mandaba comprar a gritos una caguama de Superior a la tienda de la esquina, un muchachito traía la cerveza, la verdulera servía dos vasos y empezaba:

—¿Dónde dejaste a los intelectuales?

—Ahí se quedaron, se les acabaron los jitomates y volvieron a sus libritos.

—¡Con la falta que hacen en la calle... de carne de cañón!

Las camionetas interrumpían nuestras charlas, llegaban a descargar verdura pasada: de los restaurantes y hoteles de Polanco, del Superama de la calle Horacio, del Hipódromo de las Américas, hasta de una verdulería de las Lomas. En lugar de tirar la verdura a la basura y, sobre todo, para evitar que los indigentes se acumularan en los alrededores a recolectarla, la verdulera había conseguido que se la regalaran, para venderla a precios *sociales* entre los más necesitados. Eso era lo que les había dicho y, en cierto modo, no había mentido. En su verdulería, el precio del kilo de jitomate era el uno por ciento del precio de mercado. Con el precio de un kilo, los alzados se llevaban cien. Era una verdadera obra social, aunque no la que los donadores se imaginaban: la verdura que sus paladares exquisitos rechazaban la acababan consumiendo estampada en sus cabezas.

Sorbíamos la cerveza y al segundo vaso, sin falta, le tocaba el turno a Madero, siempre Madero: el destino de la patria se había podrido por culpa de Madero. Otro gallo cantaría, decía la verdulera, si Flores Magón hubiera encabezado la Revolución.

—¿Sabes lo que habría que hacer? —preguntaba, y de inmediato respondía—: Lo que habría que hacer es meterle unos cuantos tiros a Madero.

—Ya se los metieron, ahí al ladito del Palacio de Lecumberri —yo le informaba.

—¡Pues de nuevo! ¿Tú sabes dónde lo tienen enterrado?

Hacíamos planes para ir a profanar la tumba de Madero en el Monumento a la Revolución. Quedaba cerca, a tres paradas de metro. Junto con Madero estaban enterrados Villa y Carranza, Calles y Lázaro Cárdenas, puro enemigo. Lo único que tenían en común era que todos usaban bigote. La verdulera gritaba:

–Para eso sirve la dialéctica: ¡para levantar monumentos!

Lo de Madero había pasado exactamente hacía cien años, en febrero de 1913, pero en la cabeza de la verdulera era como si hubiera sucedido antier. Vivía en un tiempo en el que todas las desgracias de la patria, desde el asesinato de Zapata hasta el fraude a López Obrador, sucedían de manera simultánea, o puestas juntitas una al lado de la otra, como una hilera de piedras que daba la vuelta al planeta y llegaba hasta Plutón.

La verdulera tenía otra teoría sobre mi novela, o más bien sobre cómo le hacía Francesca para enterarse del contenido de mi cuaderno. Según esta hipótesis, Francesca era agente de la CIA. Yo renegaba, porque la experiencia me había enseñado que la realidad no se plegaba a ideologías.

–Piénsalo –decía–, ¿tú sabes algo de ella?, ¿si es viuda o divorciada, si tiene hijos, si es solterona, a qué se dedicaba?

–Sé que era profesora de idiomas –le respondía.

–¿¡Lo ves!? Los profesores de inglés trabajan para la CIA, eso lo sabe todo el mundo. Hasta salió en una película. ¿Cómo crees que llegó al edificio?

–Por el sorteo, como todos.

–Nadie llegó por el sorteo, ¿tú llegaste por el sorteo? A ese edificio llega puro influyente. Rascuaches, pero influyentes.

Aunque dicen que el que calla otorga, yo me quedaba con la boca cerrada, no me gustaba ir divulgando cómo había conseguido el departamento. Se suponía que había que rellenar un montón de papeles y rezarle a todos los santos, primero, para que alguno de los inquilinos muriera, o para que fuera declarado incapaz de vivir sin asistencia, y luego, para que los burócratas despertaran de su letargo milenario y organizaran el proceso. Encima había que salir sorteado y las probabilidades eran de uno entre miles. Ése era el procedimiento que, salvo la parte en que se sacaba al muerto para dejar disponible el departamento, nunca se respetaba.

–Llegó al edificio porque está en una misión –decía la verdulera.

–Pero está jubilada.

–¡Un agente de la CIA no se jubila nunca! –repetía–. ¿Tú crees que si estuviera jubilada tendría necesidad de meterse en ese edificio rascuache? Con lo estirada que es. Si estuviera jubilada estaría viviendo en Tepoztlán o en Chapala. Te digo que está en una misión, por eso te está espiando y de paso anda adoctrinando a los tertulianos. Piénsalo, lo único que se necesita es un vaso jaibolero, se coloca el vaso contra la pared y luego se pega la oreja.

–¡Pero yo no escribo en voz alta!

–¡Ni que hiciera falta!, esa gente es capaz de descifrar tu escritura escuchando el roce de la pluma en el cuaderno.

Me sugería que, al usar el cuaderno, encendiera algún aparato que hiciera ruido para sabotear el espionaje. Cuando me aburría de dibujar, yo encendía la licuadora, que nunca usaba, y escribía en el cuaderno cosas que recordaba: *Quinientos granaderos fueron enviados a capturar a Jodorowsky porque había crucificado a una gallina. José Luis Cuevas pintó un mural efímero e inventó la Zona Rosa. Los huesos de José Clemente Orozco, Diego Rivera, Dr. Atl y Siqueiros acabaron en la Rotonda de los Hombres Ilustres. Juan O'Gorman tomó cianuro, se colocó una soga al cuello y enseguida se pegó un tiro en la cabeza. Sus huesos fueron a parar al mismo sitio. Se llevaron La Esmeralda a la Colonia Guerrero. Subastaron un cuadro de Rufino Tamayo por siete millones de dólares, uno de Frida por cinco, otro de Diego por tres. Le cambiaron el nombre a la Rotonda: donde decía* Hombres *le pusieron* Personas. *Trasladaron los restos de María Izquierdo a la Rotonda de las Personas Ilustres.* A la mañana siguiente, Francesca se quedaba vigilando en el pasillo y cuando salía de mi departamento se ponía a perseguirme y me confrontaba:

—¡Lo que nos faltaba! Taqueros que se creen historiadores de arte.

—¿Sabe lo que me decía un cliente? —le replicaba—, que eso era lo que se necesitaba: taqueros que supieran de arte, taqueros que se interesaran por el arte.

—¿Quién era su cliente? ¿Vasconcelos?

—Si Vasconcelos viviera estaría escandalizado con el precio de la cerveza en las cafeterías de los museos.

Yo le echaba en cara a la verdulera el fracaso de sus teorías:

—Lo único que conseguí fue quemar la licuadora.

—Entonces es telepatía.

—¡Lo sabía!, estás loca.

—Ésa es justamente la estrategia de la CIA, ¿no te das cuenta?, usar técnicas disparatadas para que nadie se las crea cuando los descubran.

—¿Y ella qué saca espiándome? —le preguntaba.

—Eso lo sabrás tú, a la mejor eres peligroso para el sistema.

—¡No me digas!

—Pues a mí siempre me has parecido sospechoso, ¿eh?, tanta payasada, tanta payasada, ha de ser una maniobra de distracción. Quién sabe qué secretos guardas. O en una de ésas el futuro de la humanidad depende de tu cuaderno, ¿te imaginas?

Había llegado al extremo de conseguir, con ayuda de un camarada que estaba en la clandestinidad, un listado con los nombres de los supuestos agentes de la CIA en México. No encontramos a Francesca.

—¡Pero ése no es su nombre verdadero! —dijo la verdulera.

Buscamos entonces el nombre verdadero, o al menos el nombre con el que los tertulianos la llamaban, el mismo al que estaba destinada la correspondencia que le enviaban y con el que firmaba las actas de la asamblea del edificio. Tampoco estaba en la lista.

—¿Lo ves? —le dije.

—Eso sólo prueba una cosa: que ese nombre también es falso. Cómo se te ocurre que va a usar su nombre verdadero. ¡Te digo que está en una misión! Por cierto, ahora que lo pienso, nosotros tampoco deberíamos usar nuestros nombres verdaderos.

—¿Cómo quieres llamarte? —le pregunté.

—No sé, ¿se te ocurre algún nombre? Piensa uno bonito.

—¿Qué tal Juliette?

—¿Juliette?

—Sí, pero que se pronuncie *Yuliet*, para que suene más pegador.

—¡Me gusta! ¿Y tú?

—Yo me quiero llamar Teo.

—¿Mateo?

—Cómo crees.

—¿Entonces?

—Teodoro, pero dime nada más Teo.

El nombre había que pronunciarlo *Yuliet*, para que le diera celos a Francesca. Juliette me desafiaba a irrumpir en el 3-D, el departamento de Francesca, para confirmar lo que me decía. Eso pasaba normalmente por ahí de la tercera cerveza y yo mejor me despedía. Necesitaba reposar un poco para aguantar toda la jornada. Cuando atravesaba el zaguán, de vuelta de la verdulería, y observaba a los tertulianos hipnotizados por la lectura, perfectamente apaciguados, yo les decía:

—¿Aquí siguen? ¿Cómo van las almorranas?

Y Francesca me gritaba:

—¡*Yuliet* es nombre de puta francesa!

Una mañana se suspendió la tertulia porque había fallecido un poeta y todos corrieron a llorar al muerto. Todos menos Hipólita, cuyas várices le impedían ese tipo de esfuerzos. Yo iba como un cohete destartalado rumbo a la cantina de la esquina cuando me la encontré en el zaguán, metiendo la mano en los buzones de la correspondencia para depositar un papel: habría una exposición de pajaritos de migajón en el zaguán. Me guardé la invitación para el *vernissage* doblada en el bolsillo trasero del pantalón y ya estaba alcanzando la puerta del edificio, pero Hipólita me interrumpió:

—Es usted un ingrato.

Me di la vuelta para encararla. Se había acercado tanto al umbral que la luz matinal le remarcaba el bozo. Desprovisto del disimulo de la penumbra del zaguán, era un bigote en toda regla.

—No habla usted de mí en su novela —explicó.

—Ya sabe que no es una novela.

—Le debo parecer tan insignificante.

—Habla usted como cuadro de Frida Kahlo, puras lamentaciones. Oiga, ¿ya vio?

Le señalé la pared derecha del zaguán, cubierta de manchas de humedad, y escapé a la velocidad que me permitían los juanetes. A la noche escribí en el cuaderno un recuerdo de la infancia: el hermano de mi madre, un solterón que fue el primer taquero de la familia, tenía un bigote tan estruendoso que se le quedaban atorados restos de la comida.

–Cosas del norte –lo exculpaba mamá.

Su familia era de San Luis Potosí, que, técnicamente, ni siquiera era el norte. Era, si acaso, el sur del norte. Yo lo había visto pasarse una tarde de domingo entera con el rabo de un chile jalapeño enganchado en el mostacho.

Al día siguiente, en el zaguán había sillas nuevas. Unas sillas de madera, con asiento y respaldo acojinado, reclinables, comodísimas. Se las habían robado del funeral del poeta. Esta gente era peligrosísima: las habían cargado desde Bellas Artes, seis paradas de metro. Las sillas nuevas no cabían en el cuarto de los cachivaches del edificio, donde solían guardar, plegadas, las sillas de Modelo. Empezaron a dejar las sillas nuevas alineadas a los costados del zaguán, como en sala de espera. A los tertulianos les parecían la cúspide de la elegancia. A las cucarachas también les encantaron.

La posteridad dictaminó que el poeta muerto era tan sólo de medio pelo: no alcanzó para estatua, ni siquiera para avenida, mucho menos para Rotonda de las Personas Ilustres. Le pusieron su nombre a una calle sin pavimentar en Irapuato, donde había nacido. Luego murió otro poeta (siempre estaban muriendo poetas). Los tertulianos aprovecharon para robarse una silla para Hipólita. A este poeta sí le pusieron una estatua en un parque. Las palomas, felices.

Fumigaron el edificio y tuvimos que quedarnos afuera todo el día. Empezaron a cortar el agua a diario, porque había sequía. Los canapés del *vernissage* de la exposición de pajaritos de migajón estaban echados a perder y hubo diarrea generalizada. Cambiaron al repartidor del supermercado, acusaron al nuevo de robarse una lata de chiles jalapeños. Se fundió la lámpara del tercer piso. Alguien dejó el portal abierto y se metieron los mormones, que fueron tocando de puerta en puerta. La tertulia leyó *Palinuro de México* en la edición de las obras completas de Fernando del Paso del Fondo de Cultura Económica, en la que también se incluía *José Trigo*. Mil doscientas treinta páginas, tapas duras, tres kilos y medio (los que tenían artritis estaban dispensados). Se recolectaron firmas para que volviera el antiguo repartidor. Se fundió la lámpara del primer piso. Las cucarachas, tan campantes.

Mi madre había tardado menos de una semana en encontrar un sustituto para el perro: un chucho insoportable al que había llamado Solovino, porque un día vino a la puerta de casa, solo, y se puso a arañarla. Solovino se comía todo lo que tuviera al alcance del hocico, y no solamente calcetines, pero mi madre se imaginaba que era la reencarnación de aquel otro perro al que había querido tanto. Por supuesto, no lo decía, pero no hacía falta: con frecuencia se distraía y llamaba a Solovino con el nombre del perro difunto. En los diez años que vivió, el perro llegó a comerse todos los objetos de la casa, incluidas pinzas para colgar la ropa, empaques del refrigerador y un montón de tubos de pasta de dientes, que eran su debilidad: si alguien dejaba la puerta del baño abierta, saltaba y tiraba con el hocico el vaso donde los guardábamos. Con todo y eso, no engordaba, se mantuvo esquelético hasta el final de sus días. Mi madre le perdonaba todo y, en cambio, a la mínima que hiciéramos mi hermana o yo, nos castigaba. Se la teníamos jurada al perro. Por cualquier cosa nos quedábamos castigados en casa una semana, así era como solucionaba mi madre todo en la vida, encerrándonos.

Eso nos sentenciaba a tardes enteras de tedio, destinadas a suplicarle a mi madre que nos levantara el castigo. Visto en retrospectiva, resulta asombrosa la fe que tenían aquellas generaciones en el castigo como manera de fortalecer el carácter.

Mamá trabajaba en Correos por las mañanas y por las tardes lavaba ajeno en casa. Castigados, nos poníamos a andar atrás de ella y a preguntarle cual merolicos:

—¿Y qué se supone que vamos a hacer encerrados en casa?

—¿Y qué se supone que vamos a hacer encerrados en casa?

Lo decíamos todo por duplicado, como si fuera un trámite, y de alguna manera lo era: un trámite condenado al fracaso, porque al burócrata de turno, mi madre, no se le agotaba la paciencia.

—Pónganse a hacer la tarea —nos ordenaba.

Garabateábamos la tarea de la escuela y volvíamos a la otra tarea, tratar de hartar a mi madre para que nos dejara salir a la calle.

—¿Y qué se supone que vamos a hacer ahora?

—¿Y qué se supone que vamos a hacer ahora?

—Estudiar.

—Ya estudiamos.

—Ya estudiamos —mentíamos.

—Pónganse a jugar.

—¿A qué?

—¿A qué?

—No sé, a lo que quieran.

Dábamos vueltas por la casa, revolvíamos cosas, yo me ponía a patear una pelota que pasaba zumbando al lado de la cristalera, mi hermana descabezaba su muñeca y decía que necesitaba ir a la papelería a comprar pegamento. Volvíamos a la carga:

—¿Y qué se supone que vamos a hacer ahora?

–¿Y qué se supone que vamos a hacer ahora?

Entonces mi madre sacaba unas hojas de papel blanco que se traía de Correos, un estuche de colores que había sido de papá y que guardaba en lo alto de un armario, y pronunciaba la sentencia definitiva:

–Pónganse a dibujar.

Dibujar era una actividad que no se agotaba nunca, se podía hacer por horas y horas, y mi madre tenía buen cuidado de mantener provisiones suficientes de papel. Nos castigaba tanto que acabamos haciendo hábito, llegó el día en que mamá tuvo que reponer el estuche de colores, y luego incluso sin estar castigados nos poníamos a dibujar. Nos íbamos a la calle y nos poníamos a dibujar al aire libre, que era algo que recordábamos haber visto hacer a papá.

Castigos yendo y castigos viniendo, acabé exigiéndole a mi madre que, al menos, me comprara un cuaderno. Empecé a ir, para arriba y para abajo, cargando el dichoso cuaderno, que me dio fama de artista, y de desubicado, en la vecindad. Durante una época incluso fue una actividad lucrativa: hacía retratos de novias por encargo, cambiaba dibujos por canicas, primero, y más tarde por los primeros cigarros. Luego los vecinos se aburrieron del artista y mi cuaderno perdió su prestigio y acabó convertido en una carga ominosa.

No había llovido en casi dos meses, el Lerma iba camino de convertirse en un arroyo y la falta de agua en el edificio hacía gemir las tuberías. En el zaguán decían que las tuberías *rechinaban* y, alegando que no podían concentrarse, a los tertulianos les dio por irse a leer al Jardín de Epicuro. Le pagaban a un muchachito para que les transportara en una carretilla los ejemplares de *Palinuro de México* de ida y de vuelta. Cuando yo veía desde el balcón de mi departamento a la procesión que recorría dos cuadras de la calle Basilia Franco, cada tertuliano cargando una silla plegable de Modelo, giraba a la izquierda en la Teodoro Flores, donde todavía tendrían que andar otras tres cuadras, y al chiquillo jadeando, deteniéndose para recuperar el aliento después de dar cinco pasos, les gritaba:

—¡El peso de la tradición literaria! ¡Van a matar al pobre escuincle!

Luego los tertulianos tuvieron que abandonar el Jardín de Epicuro, porque había un perro que se les echaba encima. El chucho corría entre las piernas de los tertulianos, les arañaba los tobillos con las garras, quería afilarse los colmillos en las tapas de los *Palinuros*. El colmo fue que el perro se puso a montar a Francesca, restragaba los genitales contra su pierna y no la soltaba: hizo falta la intervención de un muchacho que iba pasando por el parque para librarla del abrazo canino. Con tal de mantenerlos lejos del edificio, les recomendé que le dieran una media. Volvieron, el perro no había querido tragársela. Les pedí que me enseñaran la media: era de Hipólita, una media especial para las várices. Les dije que le dieran una media común y corriente, de nylon, y fueron a comprarla a la mercería. Volvieron de nuevo, el perro los ignoraba. Les sugerí que embutieran la media de carne y que la enrollaran hasta formar una bolita, sin anudarla, para que luego se desenrollara en los intestinos del chucho. El carnicero les regaló un montón de pellejos. Santo remedio.

Muerto el perro, los tertulianos volvieron al Jardín de Epicuro para dictaminar, en un descanso de la lectura del *Palinuro*, que un defecto de mi novela, que no existía, era que yo evitaba hablar de la enfermedad en ella. Me lo dijo Francesca en el ascensor, mientras subíamos al tercer piso luego de volver de nuestras respectivas actividades: ella, de la tertulia; yo, de tomar la cuarta y la quinta del día en la verdulería. No habíamos llegado ni al primer piso y ya había tenido que soportar un discurso sobre la decrepitud como tema fundamental de la novela europea del siglo veinte.

—No se mueva —la interrumpí.

Y aplasté dos cucarachas, una con el pie derecho y otra con el izquierdo.

—¿Lo ve? —dijo Francesca—. No me hace caso, está huyendo del tema.

—Huyen las cucarachas, yo no huyo de nada.

Del primer al segundo piso pretendió aleccionarme sobre algo que denominó «literatura de la experiencia» y

50

que vendría a ser, en resumidas cuentas, que sólo se puede escribir sobre lo que se ha vivido, sobre lo que se conoce de primera mano. Me quedé pensando en que eso era como decir que nadie puede explicar a qué sabe un taco de perro si no lo ha comido. Si no cree haberlo comido. Si no sabe que lo ha comido. La cuestión era que todo el mundo había comido un taco de perro, aunque no lo supiera, todo el mundo sabía a qué sabía un taco de perro, aunque, de hecho, nadie creyera saberlo. Ésa sí que era la verdadera paradoja: no poder escribir sobre algo no porque no se hubiera vivido, sino porque no se sabía que se había vivido. Para variar me había distraído y al llegar al tercer piso agarré una frase deshilachada:

—La experiencia de la enfermedad es tan buena como cualquier otra —dijo Francesca.

—¡No me diga! ¿Tan buena como el romance, la aventura, el viaje o la libertad?

—Estoy hablando de literatura.

—¡Ah, bueno! ¿Y en qué mejoraría mi supuesta novela si me pusiera a detallar síntomas de juanetes, reflujos gástricos, rinitis o hígados grasos? ¿Para qué sería la novela, para dar lástima? ¡Para eso nos bastamos solos, no necesitamos novela!

—La enfermedad es la metáfora perfecta del ocaso, de la decadencia, de la finitud de todo lo humano.

—¿Quiere decir que en lugar de ir al médico hay que ir al retórico?

—Parece un chiquillo. ¿Por qué se hace el niño terrible? Está huyendo de la realidad, mire nada más el estado en que se encuentra, ¿usted cree que no me doy cuenta de sus achaques?

—¿Y desde cuándo la realidad importa? Yo me siento más fuerte que un caballo.

Los colores se le subieron a la cara, aunque la bragueta acabara de terminar de subir: el ascensor abrió sus puertas. Aprovechando que la lámpara del rellano estaba fundida, al despedirnos, le acaricié las nalgas. Las tenía firmes y suaves, fue toda una agradable revelación. La cachetada se quedó rebotando en las paredes del pasillo hasta el final de los tiempos.

Una de las batallas cotidianas en el edificio era mantener el portal cerrado, para que no se nos colara marabunta. Si alguien se despistaba, Francesca convocaba de inmediato una asamblea extraordinaria, de la que nadie escapaba hasta hallar al culpable, y tomaba medidas disciplinarias, que iban desde una simple regañiza hasta multas económicas que acababan en un frasco donde se guardaba el dinero para los gastos imprevistos del edificio. A Francesca, Breton y Stalin juntos le hacían los mandados. Hubo una ocasión famosa que llevó la discusión al grado de debatir la necesidad de contratar un portero. Todos se referían a ella de la misma manera: el día en que se metieron los mormones. Incluso se convirtió en una referencia temporal. En el edificio se decía: una semana antes del día en que se metieron los mormones. O: dos días después del día en que se metieron los mormones. Las cosas pasaban antes o después del día en que se metieron los mormones.

Había sucedido un miércoles en la tarde, mientras yo tomaba una cerveza y me dedicaba con perseverancia a presionar un botoncito del control remoto de la televisión, hasta que en una de ésas me había topado con la pelambrera de científico loco y la mirada pícara de Serguéi Eisenstein. Entonces, tocaron a la puerta. Tocaron, quiero decir, la puerta de mi departamento, no el timbre del portal, lo cual sólo podía significar una cosa. En realidad, una de muchas cosas, que en el fondo vendrían a ser la misma: vendedoras de Avon, niños con hambre, drogadictos pidiendo un peso, promotores de compañías telefónicas, mudos que hablaban, ciegos que veían, secuestradores a domicilio y pedinches descarados que ni siquiera habían ideado una historia para dar lástima. Los únicos que habían desaparecido, como símbolo del progreso de la humanidad, eran los vendedores de enciclopedias. Sabiendo perfectamente esto, no pretendía abrir, así que ignoré los llamados y seguí viendo el programa. No paraban de tocar y yo tampoco paraba de ignorar los toquidos. Llegó la publicidad y seguían aporreando la puerta. Quienquiera que fuera, mostraba una determinación de fanático.

Abrí la puerta y vi al güerito, alto, transparente como una larva. Vestía camisa blanca de manga corta, pantalón negro y traía colgada a la altura del corazón una plaquita con su nombre, un nombre que sonaba a pintor flamenco de bodegones. *Willem Heda.* Muy pertinente: como no funcionaba la lámpara del rellano, surgía desde el claroscuro. A juzgar por la edad que le calculé, no llegaría a los veinte años, estaría cumpliendo la misión de que le azotaran puertas en la cara en un país pobre, antes de ir a la universidad. Eso en el caso remoto de que ir a la universidad no fuera pecado.

–Traigo el mensaje del Señor –dijo.

–Chévere –respondí–, ¿a cuánto el gramo?

Levantó sus cejas rubias de la sorpresa y casi se toca el pelo con ellas. Luego bajó la vista y miró la Biblia que cargaba en la mano derecha. Yo estiré la izquierda y rescaté la

54

Teoría estética de la estantería de al lado de la puerta, donde la tenía guardada como una escopeta, por si acaso. Miró el ejemplar que palpitaba en mi mano y las cejas le llegaron a la nuca.

—¿Es usted profesor? —preguntó.

—Cómo crees —respondí.

—Lo decía por el libro.

Los dos bajamos la vista hacia mi mano izquierda. Él miraba el libro como si fuera un perro que necesitara correa, como si fuera delito llevar un libro suelto.

—¿El libro? Es de la biblioteca, pero no te preocupes: no muerde.

—Traigo el mensaje del Señor —dijo de nuevo—, ¿me *dejarrría* pasar cinco minutos?

Escuché que la publicidad había terminado y que el programa comenzaba de nuevo. Levanté la *Teoría estética*, la abrí al azar y empecé a leer:

—Para subsistir en medio de lo extremo y tenebroso de la realidad, las obras de arte que no quieren venderse como consuelo tienen que equipararse a lo extremo y tenebroso.

Levantó la Biblia, la abrió al azar y comenzó:

—*Mirrré* todas las obras que se hacen debajo del sol y he aquí, todo ello es vanidad y aflicción de *espírrritu*. Lo torcido no se puede *enderrrezar*, y lo incompleto no puede contarse.

Volví a leer:

—El arte avanzado escribe la comedia de lo trágico. Lo sublime y el juego convergen. Las obras de arte significativas intentan asimilar la hostilidad al arte. Donde falta esa capa sospechosa de infantilidad, el arte ha capitulado.

Y él leyó:

—Y dediqué mi *corrrazón* a conocer la *sabidurrría* y también a entender las *locurrras* y los *desvarrríos* y conocí que aun esto *errra* aflicción de *espírrritu*. Porque en la mucha *sabidurrría* hay mucha molestia y quien añade ciencia, añade dolor.

Miré alternativamente los dos libros: él lo tenía más grande. En la televisión el programa no se había detenido y me lo estaba perdiendo. Reculé para dejarlo entrar.

—Pásale, rápido. ¿Qué te tomas, *Güilen?*

—Se pronuncia *Bilem.*

—¡Ah, qué bueno que me lo aclaras! ¿Una cervecita, *Güilen?*

—Un vaso de agua, cerveza es pecado.

—¡No me digas! Siéntate, están pasando un programa muy bueno.

—¿De qué se trata?

—De intrigas y cuernos y de cómo hacerle para vender piloncillo a precio de oro.

Se descolgó la mochila que cargaba a sus espaldas y se sentó en una silla plegable, de aluminio, de cerveza Modelo. Ladrón que roba a ladrón. Yo me senté en el silloncito que tenía frente a la tele.

—¿Cómo se llama usted? –preguntó.

—Teo.

—¿Mateo?

—Cómo crees.

—¿Sólo Teo?

—Teodoro.

—¿Cómo el autor del libro?

—No, el del libro se llama Theodor.

—Es lo mismo.

—No es lo mismo, le sobra una h y le falta una o.

—¿Usted vive solo?

—Shhh, déjame ver el programa.

Se resignó a mirar la pantalla, donde pasaban, una atrás

de otra, fotografías en blanco y negro tomadas en la Casa Azul.

—¿Quién es la de los bigotes? —preguntó.

—¿Cómo que quién es? Ésa es Frida Kahlo, no me digas que no sabes quién es, la conocen hasta los indios del Amazonas. Es una pintora tan famosa que le pusieron una estatua en el parque de un pueblo de cien habitantes de Uzbekistán y hasta inventaron el Día Internacional de Frida Kahlo en Bulgaria o en Dinamarca. ¿Ves al que lleva los pantalones a la altura de los sobacos? Ése es Diego Rivera, el señor de la casa.

—Me *gustarrría* hablarle de la palabra del Señor. La palabra del Señor es un consuelo muy *poderrroso* para las personas *mayorrres*.

Lo fusilé con la mirada.

—Shhh, pon atención.

La televisión dijo: *quiso improvisar su propia libertad, para superar elegantemente una vida de dolor.*

—Cómo les gusta el sufrimiento, *Güilen,* ¿qué tiene que ver la elegancia con el dolor?

—El dolor lleva al Señor.

—Y la elegancia al infierno. Por cierto, tú andas muy elegante, muy planchadito.

Se puso colorado: la pigmentación de la vergüenza lo transformaba de larva en camarón, o de camarón crudo en camarón cocido.

—No te angusties —le dije para aliviarlo—, era broma.

En la pantalla iban alternándose imágenes de Frida y de Diego, de Eisenstein, Dolores del Río, Arcady Boytler, Miguel Covarrubias, María Izquierdo, Xavier Villaurrutia, Adolfo Best Maugard, Lola y Manuel Álvarez Bravo, Trotski, Juan O'Gorman y Pita Amor. Willem miraba la televisión y dejaba de mirar, inspeccionando el departamento en busca de algo que le permitiera comenzar una conversación, y creyó encontrarlo al descubrir el cuadro que colgaba en la pared de enfrente.

–¿Es un payaso? –preguntó.

–Es un retrato de mi madre –le contesté.

–Lo siento –dijo, de nuevo colorado.

–¿Qué es lo que sientes: haber dicho que mi madre es un payaso o no tener sensibilidad para apreciar el arte?

Se quedó pensando, confuso.

–¿*Prefierre* que venga otro día? –preguntó.

–¿No quieres ver el programa?

–*Querrría* hablar de la palabra del Señor.

–Entonces ven otro día. ¡Si tienes suerte hasta te abro la puerta!

Se le ocurrió empezar a venir dos veces por semana, los miércoles y los sábados, y a mí me dio por dejarlo entrar, para pasar el rato. Cuando me encontraba de humor apagado o cuando, simplemente, se me habían pasado las copas, se ponía a sermonearme:

–Todavía está a tiempo de *arrrrepentirse*.

–¿Estás diciendo que me voy a morir? –le contestaba.

–Nunca es tarde para *arrrrepentirse*.

–¿De haberte abierto la puerta el primer día? ¡Ojala!

Siguiendo un manual de catequesis, supongo, se la pasaba repitiéndome que yo era su misión, que había venido a México para traerme la palabra del Señor. Yo le respondía:

–Llegaste bien atrasado, *Güilen*, ya tuvimos un montón de ésos: los franciscanos, los dominicos, Humboldt, Rugendas, Artaud, Breton, Burroughs, Kerouac. ¡La competencia está durísima!

Un día quiso tomarme una foto con su celular para mandársela a su familia, que vivía en un pueblo de Utah.

–No te confundas –lo atajé–. No soy un perrito callejero.

Papá mandó una carta: se había ido a vivir al mar, como el presidente Ruiz Cortines quería que todo el mundo hiciera. Vivía en Manzanillo, trabajaba haciendo trámites en el puerto. La carta era para mi hermana y para mí y estaba escrita con tinta azul y una letra minúscula y muy pegadita, inclinada hacia la derecha, como si las letras fueran a acostarse a dormir. Era una sola página, pero nos tomó una tarde entera descifrarla. Decía que al puerto llegaban barcos de Estados Unidos y de China y que la semana pasada había habido norte y había visto olas de diez metros. Nosotros no conocíamos el mar, aunque supusimos que eso debería impresionarnos. Decía que el presidente de Manzanillo había sido pintor y taxista, que eso demostraba lo lejos que podía llegar cualquiera en la vida con sólo proponérselo y ser perseverante. También nos contaba que había vuelto a pintar, que después del trabajo se reunía con un grupo de artistas en el muelle para pintar paisajes marítimos y que le había vendido un cuadro impresionista de una barca de pescadores a un turista de Guadalajara. Luego venía la parte final, la que motivaba la carta y nos habíamos tardado más tiempo en entender, porque además de la letra todavía no teníamos edad suficiente para interpretar aspiraciones ultraterrenales. Mi padre nos pedía que cuando muriera lo incineráramos y que esparciéramos sus cenizas en algún museo de arte, *adonde pertenecían.* Que quería que el polvo de sus huesos flotara entre obras de arte y fuera aspirado por gente sensible, *que se pegara a la ropa y viajara en las solapas de los abrigos raídos de los nuevos artistas.* Junto con la carta, mi padre nos mandaba tres pesos: el precio de dos kilos de frijoles. Mamá no quiso leerla, pero cuando nos fuimos a dormir la dejamos encima de la mesa de la cocina, como olvidada. Luego me enteré de que el presidente de Manzanillo había sido pintor de casas, no de cuadros, como anduve pensando un tiempo. Y que había sido líder del sindicato de taxistas, lo que contradecía las teorías motivacionales de mi padre. Tesis. Antítesis. Así se pasaba la vida.

Fui a buscar el cadáver del perro que había estado molestando a los tertulianos y lo encontré en el Jardín de Epicuro, escondido debajo de unos arbustos, hasta donde se habría arrastrado para tratar de vomitar la media. No podía creerlo: era un labrador, negro, enorme. O sí, sí podía creerlo, ya sabía que estaba ante integristas literarios, gente capaz de matar a un perro de familia, y encima abandonar el cadáver sin uso ni beneficio, mas allá de la sacrosanta paz que necesitaban para concentrarse en la lectura y en su diletantismo. Cubrí el cadáver con un montón de hojas y ramitas y caminé hasta la carnicería de la vuelta, la misma en la que les habían regalado a los tertulianos los pellejos asesinos.

No conocía al carnicero, no había tenido necesidad de recurrir a sus servicios hasta ese día. Yo comía de lunes a sábado en una cocina económica y el domingo aguantaba con la botana de la cantina de la esquina. Me puse a esperar en la banqueta de enfrente hasta que no hubo clientes que pudieran estropear la operación. Tuve que aguardar quince, veinte minutos. Por fin pude entrar y no perdí el tiempo, no podía arriesgarme a que alguien entrara y nos sorprendiera a media negociación.

—Te vendo un perro —le dije.

—¿Cómo? —respondió el carnicero.

Estaba tasajeando una carne que no tenía pinta ni de res, ni de cerdo, ni de nada de lo que estaba anunciado en las cartulinas de colores que estaban pegadas en las paredes.

—Que te vendo un perro —repetí.

Soltó el cuchillazo, levantó la vista y cimbró detrás del delantal manchado de sangre como si su caja torácica fuera un tambo lleno de tachuelas en un terremoto.

—¿De qué chingados estás hablando? —preguntó.

—Tengo un perro aquí a la vuelta, en el Jardín de Epicuro, se acaba de morir, estaba perfectamente sano, se atragantó con una media.

—¿Un perro?

—Es un labrador, ha de pesar entre treinta y cuarenta kilos. Lo puedes aprovechar completito.

El carnicero agarró de nuevo el cuchillo, pero no reanudó sus tareas. Temí que el cuchillo interpretara las señales que le mandaba el carnicero y decidiera cambiar de ocupación: de instrumento de trabajo a arma homicida.

—¿Es una broma? —dijo.

—No te hagas, yo fui taquero toda la vida, tenía un puesto en la Candelaria de los Patos. Sé muy bien cómo funciona esto.

—¿Eres inspector de salubridad?

—¿A mi edad? Si retrasaran la edad de jubilación tanto ya estarían trabajando los muertos.

—Sácate todo lo que traes en los bolsillos, enséñame la cartera.

Le hice caso, esforzándome en demostrarle que no representaba a ningún organismo o institución preocupada por el comercio clandestino de carne de perro o por el respeto a las normas de higiene en las carnicerías. Fue sencillo, porque además de no serlo, tampoco lo parecía.

—¿Lo ves? —le dije—, puedes confiar en mí.

—Le voy a dar un consejo: vaya a visitar al geriatra, dígale que está perdiendo el contacto con la realidad.

—¿Vas a seguir haciéndote el tonto? ¿Qué es esa carne que estás cortando? Una cosa sí te digo, eso no es res, ni cerdo. A mí no me vengas con cuentos.

—¿Esto? —señaló con la punta del cuchillazo los trozos de carne—. Es caballo, abuelo.

—Si no te interesa comprar el perro te pago para que me lo destaces. ¿Cuánto me cobras? Seguro se lo vendo a algún taquero.

Levantó el cuchillo apuntando hacia el frente, sin amenazas, usándolo sólo para mostrarme la salida de la carnicería. Es una de las ventajas indiscutibles de llegar a esta edad: la mayoría de las personas se acaba apiadando de los viejitos, aunque no se lo merezcan. Dan ganas de volverse asesino en serie.

—Está mucho más pedo de lo que parece —dijo—. Si no se larga ahora mismo llamo a la policía.

Salí y repasé en la memoria mis recorridos cotidianos para ver si recordaba otra carnicería. Nada. Me senté en un banco del Jardín de Epicuro a pensar, me parecía que tenía que sacar alguna conclusión de lo que acababa de pasar. ¿Cómo era posible que un ejemplar de al menos treinta kilos, fuerte, sano, bien alimentado, fuera a terminar en el basurero o, peor, enterrado? De pronto me sentí infinitamente viejo, de la edad del mundo. El país había cambiado, era otro, un lugar que no conocía: por eso los tacos estaban tan malos.

Cuando iba a levantarme del banco para arrastrarme de vuelta a casa, escuché el grito:

—¡Acá está, señora!

Una sirvienta uniformada se había agachado hacia el arbusto donde yacía el cadáver del perro. Atrás de mí, una camioneta se detuvo con alarde de chirridos de llanta, una de esas camionetas fabricadas por los gringos para alguna de sus infinitas guerras. En la calle había baches del tamaño de trincheras, pero con todo y eso era una exageración: Irak estaba muy lejos. Una pareja joven bajó corriendo hacia al parque, con tres niños siguiéndolos. La sirvienta volvió a gritar:

—¡No! ¡Los niños no!

La madre, o la que yo imaginaba que sería la madre, se volvió y los abrazó para impedir que avanzaran. El hombre llegó hasta el cadáver del perro.

—Chingada —dijo.

Y luego gritó:

—¡Llévate a los niños, llévatelos!

Rejuvenecí, de golpe, sesenta años. Me levanté y avancé con paso vigoroso, casi marcial, rumbo a la verdulería. Casi escuchaba dentro de mi cabeza los compases del *Himno a la alegría* y, sin lugar a dudas, rompí el récord mundial de caminata urbana para mayores de setenta años.

Encontré a Juliette rociando los jitomates con agua y cubriéndolos con plástico para acelerar y perfeccionar su putrefacción. Le grité desde la entrada:

—¡Tengo que contarte! ¡Una gran victoria para la Revolución!

—Cálmate, Bakunin. ¿Una cervecita?

—Mejor un tequila.

Tres tequilas más tarde, y gracias al relato de mi hazaña, estuve a punto de convencerla de que subiera a mi departamento. Fallé en el último instante:

—Voy a la farmacia y vuelvo por ti.

Yo la miraba fijamente a la boca, al labio superior, grueso, que al sonreír le formaba una mueca debajo de la nariz: una segunda sonrisa.

–¿Por qué me miras así? –me preguntó.

–¿Por qué va a ser? –le contesté.

El labio se tensó y la doble sonrisa desapareció.

–Mejor aquí le dejamos –me espetó, con la dulzura que suelen tener los rechazos sinceros–. Hay gestas más importantes reservadas para nosotros. No vamos a echar a perder la Revolución por un acostón.

–¿No era al revés, *Yuliet?*

–¿Cómo al revés?

–Que no vale la pena echar a perder un acostón por la Revolución.

–De veras que eres bien payaso.

Volví al edificio y tuve que conformarme con la compañía de Willem, que me estaba esperando en el zaguán, sentado en el suelo delante de la puerta del elevador, detrás de la rueda de la tertulia.

–¿Qué haces aquí?, ¿quién te abrió?

–Me abrieron ellos.

Entramos al ascensor y aguardé a que las puertas se cerraran y a que el aparato empezara a subir, para preguntar:

–¿Qué te dijeron?

–Me *hicierrron* muchas preguntas.

–¿Quién?, ¿Francesca?

–Sí, me habló en inglés.

–¿Qué quería saber?

–Por qué vengo a verte.

–¿Qué le dijiste?

–Que vengo a hablar. A hablar de la palabra del Señor. Que a veces vemos la tele.

–Bien. Oye, ¿qué tal habla?

65

–¿Cómo?

–¿Qué tal habla inglés Francesca?

–Habla como si le *estuvierrra* enseñando a un niño.

–¡Igual que en español!

–¿Por qué les *interrresa* tanto que yo vengo?

–Se han de imaginar que eres maricón.

Las cejas le llegaron a los omóplatos.

–Es que leen muchas novelas –le expliqué.

Todo el mundo acudió a la convocatoria, como era habitual: las asambleas tenían lugar en el zaguán y los vecinos al completo, salvo yo, se la pasaban ahí toda la vida. Dependiendo del tema, yo a veces aparecía y a veces no. Acudía, a decir verdad, lo justo para no incurrir en una falta administrativa que hiciera que Francesca me reportara ante la administración del edificio. En esta ocasión había decidido acudir, porque el asunto me afectaba de manera directa: el supermercado había sustituido al repartidor, que nos ayudaba a cargar las compras desde hacía cerca de un año, y el edificio en pleno lo consideraba un atropello. Decían que el nuevo se negaba a hacer algo más que dejar las bolsas de la compra en la entrada de los departamentos. Que el anterior siempre estaba dispuesto a cambiar una lámpara, a matar a una cucaracha particularmente insidiosa, a cambiar de lugar un mueble, a subirse a una silla para sacar algo de lo alto de un armario.

El nuevo repartidor era arrogante y, en lugar de ayudar, lo que hacía era soltar discursos del sindicato de repartidores de la Ciudad de México y alegar que lo que se le pedía no estaba contemplado en la descripción del puesto del convenio colectivo. Traía una copia doblada en el bolsillo del pantalón, que nos echaba en cara todo el tiempo. Luego se ofendía porque se le negaba la propina, o porque la consideraba injusta. Por si fuera poco, el anterior era un mercader clandestino de primera categoría. Yo le había comprado un horno de microondas, un reproductor de DVD, una cafetera, un radiecito con audífonos y un teléfono inalámbrico. Y lo más importante: me surtía un whisky que destilaban en Tlalnepantla y que costaba treinta pesos el litro. Cuando le pregunté al nuevo si podía conseguírmelo, me respondió indignado que él era de Iztapalapa.

A las furiosas quejas de los vecinos, en las que se comparaba al nuevo repartidor con el antiguo, el gerente del supermercado había respondido diciendo que pronto nos acostumbraríamos al cambio, como si la capacidad de adaptación se hubiera transformado, en el modelo económico vigente, en una forma empresarial de la resignación. Entonces un vecino del primer piso acusó al nuevo repartidor de robarle una lata de chiles jalapeños y el vaso de la paciencia se derramó.

La asamblea redactó una petición firmada, en la que se *exigía* la destitución del nuevo repartidor y la restitución inmediata del antiguo. La discusión entre si la carta debía «exigir» o «solicitar» llevó dos tardes enteras, que yo, en honor a la verdad, me pasé yendo y viniendo entre el zaguán y la cantina, entre la cantina y la verdulería, entre la verdulería y el zaguán, y luego vuelta a empezar. Juliette me decía:

–Típico de los intelectuales, querer arreglar el mundo con cartas. ¡Si secuestran a una de las cajeras les ponen de vuelta al repartidor en veinte minutos!

El gerente del supermercado respondió, en el mismo

momento en que le fue entregada la carta, que no podría cumplir nuestras demandas por más que quisiera, ya que el antiguo repartidor, simplemente, había dejado de acudir un día al trabajo. Como prueba de su buena fe, nos proporcionó la dirección del anterior repartidor y nos prometió que si lo convencíamos de regresar, siempre y cuando se presentara con algún tipo de certificado que justificara su ausencia, él lo restituiría en su puesto.

Se organizó una expedición para visitarlo: Francesca, en calidad de presidenta de la asamblea, y yo, en calidad de cliente con urgencia de garantizar sus provisiones. Atravesamos la ciudad en metro, taxi, tren suburbano, autobús, taxi de nuevo. Tres horas y media de viaje en las que Francesca me impartió una lección de *hypokrisis* aristotélica, por haber cometido el error de preguntarle dónde había aprendido a pronunciar como lo hacía, clasificó cincuenta novelas mexicanas dividiéndolas entre urbanas y rurales, discurrió sobre lo que llamó «fallas del estructuralismo», lo cual me puso de un humor siniestro recordando edificios que se desplomaban en terremotos, y acabó explicando, cuando yo, para variar, ya me había distraído, una manera de narrar denominada «estilo indirecto libre», momento en el que ya no supe si estábamos hablando de literatura o de natación. Hasta que por fin llegamos a la puerta de un departamento en una unidad habitacional de Tlalnepantla, que me puse a aporrear desesperado.

Nos abrió la madre del repartidor, secándose las manos en un delantal cuadriculado, aunque parecía tenerlas secas. El departamento se parecía mucho a los nuestros, cucarachas incluidas: una habitación, una cocinita, un baño, una estancia que servía de sala y comedor. Sólo que ahí vivían cuatro personas y no una. Ahora tres: el padre, la madre y el hermano menor del repartidor. Ahora tres, porque el repartidor había desaparecido. La madre nos contó lo que sabía, que simplemente un día no había vuelto del trabajo. Una cucaracha asomó las antenas desde la cocina: juraría haberla visto en mi departamento. Le preguntamos si habían levantado una denuncia, qué les había dicho la policía. La madre se puso a mirar un calendario en la pared, del 2009, con fotos de perros y el logotipo rojo de la fábrica de croquetas donde hacía más de cincuenta años había trabajado mi hermana. Volvió a secarse las manos en el delantal, aunque las tenía secas, y dijo, mirando al perro en el calendario:

—Nos dijeron que andaba metido en drogas, que vendía drogas.

Se echó a llorar como si su hijo hubiera sido acusado de asesinar a mil cachorritos a puñaladas. Francesca trató de consolarla: le dijo que eso era lo que ahora siempre decía la policía cuando alguien desaparecía, para no tener que buscarlo. Que el repartidor era un buen muchacho y que la prueba era que nosotros habíamos venido a buscarlo. Que en el edificio todo el mundo lo extrañaba, que le habíamos agarrado cariño. Parecía que hablaba de un perro. Hizo una pausa para que yo lo confirmara.

—Mucho —dije.

—¿Qué edad tenía su hijo? —preguntó Francesca.

Y de inmediato se corrigió, empeorando la cosa:

—¿Qué edad *tiene*, digo?

—Diecisiete —respondió la madre.

—Parecía mayor —dijo Francesca.

—Sí, *parece* mayor —dije yo.

—La vida por aquí no es fácil —dijo la madre.

Se estaba disculpando porque su hijo había tenido que madurar más rápido de lo deseado, dando a entender, de paso, que creía en la versión de la policía y, de una vez, justificando sus acciones como algo inevitable. El hermano menor del repartidor salió del cuarto, donde había permanecido encerrado hasta ese momento. La madre lo presentó, dijo que tenía quince años, que hacía la prepa, que era listo, que seguramente iba a estudiar una carrera. En ese momento yo vi mi oportunidad y no la iba a dejar escapar: le pedí a la madre que me dejara hablar con él a solas. Guiñé el ojo izquierdo, a ver si la madre y Francesca entendían cuáles eran mis intenciones. Las supuestas, por supuesto, no las verdaderas.

–Claro, claro –dijo la madre.

Me levanté y caminé hacia la puerta. El chico me siguió, obediente. Salimos del departamento y nos alejamos unos cuantos metros por el pasillo del edificio.

–¿Tú puedes venderme? –le dije.

–¿Cuánto? –preguntó.

–Tres litros.

–¿Litros? ¿Cuántos gramos, abuelo?

–Yo lo que quiero es whisky, chamaco, y no me llames abuelo. ¿Puedes conseguirlo?

–Aguante –dijo.

Caminó al final del pasillo y tocó en la última puerta. Lo vi que se quedaba afuera esperando, luego vino de vuelta cargando una bolsa. Le di un billete de cien pesos y él me entregó las tres botellas.

–Faltan veinte pesos –dijo.

–Tu hermano me las vendía a treinta.

–Yo las vendo a cuarenta.

Le di los veinte pesos.

–¿Sabes qué le pasó a tu hermano? –le pregunté.

–Dicen que se lo cargó el payaso.

–¿Quién dice?

–Aquí en la unidad.

Guardé las botellas en la mochila que había llevado para la ocasión.

–Oiga, no se lo diga a mi madre –dijo.

Que no le diga qué, pensé: ¿que sabes que tu hermano está muerto o que tú vas por el mismo camino?

–¿Tú podrías surtirme en mi departamento? –le pregunté.

–Cómo cree, yo no voy a ir hasta allá para ganarme diez pesos. Mi hermano tenía corazón de pollo.

El gerente del supermercado despidió al nuevo repartidor por la acusación de haberse robado la lata de chiles jalapeños y un nuevo-nuevo repartidor fue contratado. Enterado de lo que había sucedido con el anterior, el nuevo-nuevo repartidor nos rehuía y, cuando conseguíamos pescarlo, teníamos que rogarle para que nos acompañara. Acabó poniendo una condición: aprovechándose de las letras pequeñas del convenio colectivo, que el anterior repartidor no había leído, se negó a atravesar el umbral del edificio.

Willem se había propuesto exterminar a las cucarachas. En una ocasión había traído un gis y había trazado el contorno del departamento y de las habitaciones, como si estuviera dibujando un plano encima de la realidad. Se suponía que las cucarachas no iban a poder atravesar la línea, que se quedarían afuera.

–¿Y las que ya están adentro no se van a poder ir? –le pregunté.

Prometió traer otro remedio para las internas. Resultó que las cucarachas atravesaban la línea como si nada, lógico: ¿desde cuándo funcionaban las fronteras? Otro día Willem había rociado la casa con un atomizador. Ese día, mientras el veneno surtía efecto, habíamos ido a tomar un café al restaurante chino de enfrente. Yo, una cerveza, en honor a la verdad. Nos dieron galletas de la suerte. La de Willem decía: *Recibirás una recompensa por tus buenas acciones.* La mía: *El que busca encuentra.*

–¡Lo sabía! –dijo Willem.

Tanto estudiar la Biblia para acabar entendiendo las cosas al pie de la letra. Entonces me di cuenta de que en el chino no había cucarachas. Intentamos hablar con el dueño, con el que parecía ser el dueño, y con los meseros. Imposible, sólo hablaban chino. Traté de llevarme a uno de ellos al edificio para mostrarle una cucaracha, a ver si así entendían, pero como lo jalé del brazo se asustaron y se acabaron encerrando en la cocina. Willem me dijo:

—Quizá si no *tomarrra* tanto.

—¿Si no tomara tanto entendería chino? ¡No me digas!

—Si no *tomarrra* tanto no los *asustarrría*.

—No me vengas con sermones, *Güilen*.

Cuando volvimos al departamento, las cucarachas andaban felices por el techo. En otra ocasión Willem había instalado unas trampas por todos los rincones del departamento, unas cajitas negras de plástico. Nunca entendí el método: ¿las cucarachas iban a levantar la cajita y a meterse adentro? Tampoco funcionó, pero al menos fue intrigante. Me mantuvo con la cabeza ocupada durante toda una semana. Igual de misterioso fue lo de los enchufes, que en teoría emanaban una sustancia que ahuyentaría a los bichos. Igual de ineficaz también. Un polvo amarillo que había que untar en el rejunte del mosaico del piso acabó siendo el peor de los fiascos: las cucarachas se lo comían y salían volando disparadas como bólidos. Le sugerí a Willem que lo probáramos nosotros.

Hasta que por fin la tarde de un miércoles, fracasos yendo y fracasos viniendo, Willem apareció con la cabeza gacha:

—Me he quedado sin ideas, *Teodorrro* –dijo.

Yo tenía una: nos pusimos a matarlas a librazos.

Él, con la Biblia. Yo, con la *Teoría estética*.

Nuestra vecina de la derecha había conseguido trabajo y el horario le impedía recoger a su hija a la salida del colegio, así que le pidió ayuda a mi madre para traerla sana y salva hasta la puerta de su casa. La vecina era viuda y la chiquilla era su única hija y hacía el horario vespertino. Yo iba a la escuela por las mañanas. La hija tenía catorce años, estaba a punto de cumplir quince.

–¿No puede volver a casa ella sola? –preguntó mi madre.

–No sabe qué calvario –le explicó la vecina.

Yo sí sabía: por la calle se formaban filas para perseguir su andar de largas piernas. La calle estaba llena de peligros, sólo había que abrir los ojos al espectáculo perruno para imaginar lo que podría llegar a sucederle. Filas de perros esperando pacientemente para montar a la perrita en celo. O no tan pacientemente, a veces había peleas furiosas en la fila. Gruñidos. Colmillos. Lomos ensangrentados. Embarazos indeseados.

Mi madre le respondió que podía contar con nosotros, o más bien conmigo, y que además yo aprovecharía para sacar a pasear a Solovino. La vecina, contenta: no sa-

bía que hasta entonces yo había sido uno de los perseguidores más tenaces.

La chiquilla se llamaba Hilaria, a pesar de las pruebas
en su contra, por poner un ejemplo:

—¿Por qué te pusieron Hilaria? —yo le preguntaba.

—¿Por qué va a ser? —respondía—. Mira cómo me río.

Y gruñía.

Cada tarde yo la esperaba en la banqueta de enfrente
de la escuela, Hilaria atravesaba la calle y antes que nada
se asomaba al espejo que había en una tienda de ropa,
donde se maquillaba, se soltaba el cabello y se arremanga-
ba la falda hasta la rodilla. La cosa sólo empeoró: si ya
provocaba tumultos cuando andaba con la madre, disfra-
zada de monja, ahora parecía la procesión del 12 de di-
ciembre. El recorrido eran nueve cuadras, nos tomaba
veinte minutos hacerlo al paso lento al que nos obligaba
Solovino, que iba orinando por aquí y por allá, pepenan-
do basura de los desagües, viendo qué podía llevarse al hocico. A mi madre se le había metido en la cabeza que si
cansaba al perro causaría menos destrozos. Cuando la hipótesis fallaba, decía que el perro se ponía histérico de
cansancio. Lo que era un hecho era que al menos, si lo tenía mucho tiempo en la calle, los destrozos serían en pro-
piedad ajena.

A veces tardábamos más, si teníamos que detenernos
en el camino, si nos topábamos con una perra en celo. No
había remedio: las primeras veces habíamos intentado evi-
tarlo y Solovino acabó mordiéndonos los tobillos. Cono-
cida de sobra su insensatez, teníamos que esperar al lado
de la fila. Yo miraba hacia atrás de Hilaria, a la otra fila, la
de los mirones que la perseguían. Hasta que por fin le tocaba el turno a nuestro perro. Solovino era de tamaño me-
diano, alto para los estándares de la calle. Montaba a las

perritas sin dificultades, con eficacia. Hilaria miraba la exhibición y me preguntaba:

—¿Te pones caliente, Teo?

Yo intentaba disimular colocando la mano encima de la bragueta, para que no descubriera lo que estaba pasando debajo, y ella me daba un manotazo en el dorso y sonreía malhumorada mientras decía:

—Eres un depravado.

Días yendo y días viniendo, yo aprovechaba la rutina para realizar mi propia persecución, armado con mi cuaderno:

—¿Me dejarías dibujarte?

—¿Cómo?

—Quiero hacerte un retrato, soy artista.

—Ya lo sé, todo el mundo lo sabe, dicen que le saliste inútil a tu mamá, con lo que ella te necesita. Lo que preguntaba era cómo quieres dibujarme, cómo me dibujarías.

—Un retrato bonito, nada de vanguardias.

—¿Desnuda?

Yo sentía la erección súbita debajo de la bragueta, subiendo, subiendo, que me dejaba sin respuesta.

—¿Te pones caliente, Teo?

Tragaba seco y me ponía a imaginar sus largas piernas desnudas y todo lo demás que, la verdad, no sabía ni siquiera imaginar, por falta de experiencia.

—Mañana —me prometía—, antes de que vuelva mi mamá.

—Un retrato se hace en varios días.

—¡Lo sabía! Eres un degenerado.

Al día siguiente, yo le avisaba:

—Tengo un cuaderno nuevo.

—¿Y cómo vas a dibujarme?

Yo iba perdiendo la timidez, envalentonado por sus

provocaciones, me iba acostumbrando a razonar con mucha sangre en la entrepierna y poca en la cabeza.

–Primero tengo que verte mucho rato para concentrarme, tengo que encontrar un estilo, no se trata nada más de copiar tu figura.

–Verme mucho rato, ¿eh? ¿Abierta de piernas?

–Puede ser –le respondía, con los pantalones mojados.

–¡Lo sabía! Eres un vicioso. Hoy no puedo, mi mamá va a llegar temprano. Mañana.

Horas yendo y horas viniendo, largas como años, llegaba el día siguiente.

–¿Tienes hielo? –me preguntaba.

–¿Hielo? ¿Para qué?

–Sin hielo no hay retrato.

–¿Por qué?

–¿Cómo que por qué? Necesito el hielo para ponérmelo en los pezones y que se me pongan paraditos paraditos.

Debajo de la bragueta, mi erección aullaba.

–Consigue hielo. Mañana.

El mañana, por supuesto, no llegaba nunca, lo que sí llegó fue el día en que uno de los perseguidores abandonó el anonimato. No era uno de los perseguidores habituales, pero a mí me resultaba vagamente conocido, estaba seguro de haberlo visto antes. Ya estábamos frente a la puerta de casa cuando nos gritó para que lo esperáramos. Era un hombre mayor, gordo, que usaba los pantalones a la altura del pecho. Literalmente: parecía que necesitara apretar los sobacos para mantener los pantalones en su sitio. Tardó en llegar hasta donde estábamos, jadeando, tenía una mancha de pintura en el zapato izquierdo. Se agachó con mucho esfuerzo para acariciar a Solovino, que aprovechó para robarle un pincel que llevaba en el bolsillo interior de la chamarra y que se comió en el acto. Cuando el hombre se levantó, aunque la cuerda con la que tenía amarrado al perro conducía a mi mano, hizo como si yo no existiera.

–¿Cómo te llamas? –le preguntó a Hilaria.

–Marilín –respondió ella, poniendo el acento en la última i.

Le preguntó si vivía ahí, apuntando con la barbilla hacia la entrada de la vecindad. Ella dijo que sí.

–Quiero hablar con tu madre –dijo el hombre.

Ella dijo que su mamá estaba trabajando, que llegaría más tarde.

–¿Cuánto tarda? –preguntó.

–Como una hora –respondió ella.

El hombre miró en derredor hasta descubrir una fonda en la acera de enfrente. Dijo que iría a tomar un café, apuntando hacia la fonda otra vez con la barbilla, que cuando su madre llegara le avisara que fuera a buscarlo y que no se le olvidara. Luego agregó:

–Dile a tu madre que quiere hablar con ella Diego Rivera.

Los de la Sociedad Protectora de Animales vinieron al edificio y se pusieron a tocar de puerta en puerta, de abajo hacia arriba y de izquierda a derecha, hasta llegar a la mía, la penúltima. A esa altura, interrogatorios yendo e interrogatorios viniendo, yo era el autor intelectual de un crimen. Eran dos inspectores: una muchacha chaparrita con el pelo hasta la cintura, de pecho rotundo, y su jefe, que tenía la cabeza con forma de papaya. Eso no lo inventé yo, lo dijo más tarde Hipólita, que era de Veracruz y estaba familiarizada con esa fruta. Llegó a precisar que se trataba de una papaya maradol y Juliette, que era lo más cercano a un botánico, lo corroboró: sólo había que colocar la fruta parada con la parte que había estado unida al tallo hacia abajo, haciendo las veces de barbilla.

Intenté defenderme argumentando que si la muerte del perro estaba relacionada con la tertulia, que yo no participaba en ella, es más: que yo ni siquiera leía novelas.

–No mienta –me dijo el Cabeza de Papaya–, sé que incluso está escribiendo una novela.

–Yo no estoy escribiendo una novela, ¿quién se lo dijo?

–Todos, desde el 1-A hasta el 3-B. Así es como lo

identifican, ¿no lo sabía?, le llaman «el que está escribiendo una novela».

Iba a ponerme a reflexionar en que la manía de Francesca se había convertido ya en psicosis colectiva, pero no había tiempo, el Cabeza de Papaya no paraba de fustigarme. Aseguraba que había conversado con un carnicero del barrio y que la descripción de un anciano que había querido venderle un perro coincidía con mi aspecto. El mismo aspecto, por si fuera poco, descrito por el denunciante, que afirmaba haber visto a un anciano silbando eufóricamente el *Himno a la alegría* en el Jardín de Epicuro mientras él y su familia lloraban la muerte de su perro. Sacó un papel de una carpeta atestada y anunció:

–La denuncia.

Luego leyó:

–Cito: *Hombre moreno de más de ochenta años, mestizo, cabello blanco despeinado, estatura media, nariz tuberculosa, ojos cafés, orejas de ratón, boca de asco, gesto cínico, sin señas o cicatrices que lo caractericen.*

Hizo una pausa y pronunció con más énfasis, como si en el documento estuviera subrayado con tinta roja:

–*Borracho.*

–¡Yo tengo setenta y ocho años! –me defendí.

–Eso no importa –respondió el Cabeza de Papaya–. La gente es mala para calcular las edades. Y, no es por nada, pero se ve bastante acabadón.

–Además, ¿qué es eso de «nariz tuberculosa»? –pregunté.

–De papa –dijo el Cabeza de Papaya.

–Más bien parece un nabo –dijo la muchachita.

–Tuberculosa viene de tuberculosis –los quise corregir.

–Pues en este caso viene de tubérculo –dijo el Cabeza de Papaya.

–Pues está mal, ¿cómo se pueden fiar de la descripción de una persona que no sabe ni usar los adjetivos? Y, por cierto, el nabo no es un tubérculo.

El Cabeza de Papaya volteó a mirar a la muchachita de manera condescendiente, disculpando su error. Quedaba claro que se sentía su maestro, el responsable de enseñarle a importunar.

—Escritores —le dijo.

—¡Yo no soy escritor! —reclamé.

—¿Entonces explíquenos qué son esos cuadernos?

Apuntó con un dedo acusador hacia la repisa de al lado de la puerta y continuó:

—Si, como dice, no está escribiendo una novela, no le molestará que analice el contenido de los cuadernos.

—¿Tiene una orden de cateo? —le respondí.

—¡Lo sabía! —exclamó, dando una palmada de felicidad al mismo tiempo.

—¿Se puede saber de qué me está acusando?, ¿de ser escritor? ¡Me declaro inocente!

Entonces dijo tener un testimonio que me inculpaba: Hipólita había rajado. Sacó otra hoja de papel de la carpeta y la colocó delante de su cabeza de papaya:

—Cito a la señora Hipólita, del 2-C, dos puntos: *El que está escribiendo una novela nos recomendó que le diéramos de comer al perro una media.* Fin de la cita. El método homicida coincide con los resultados de la autopsia practicada al animal.

—No soy yo, ¿cuántas veces voy a tener que repetirle que no estoy escribiendo una novela?

—Cito a la señora Hipólita, del 2-C, dos puntos: *El que está escribiendo una novela vive en el 3-C.* Fin de la cita.

Pensé que era una venganza por no sacarla en mi supuesta novela o por escribir sobre su bigote. Luego me enteré de que no había sido ni lo uno ni lo otro: Hipólita se había fracturado la muñeca derecha al girar una página del *Palinuro* y estaba tomando un analgésico que le soltaba la lengua (y que le producía alucinaciones, como ver papayas donde había cabezas).

–¿Usted conoce la ley de maltrato animal de la Ciudad de México? –me amenazó el Cabeza de Papaya.

No dije ni que sí ni que no, suponía que habría una ley de la tercera edad que me salvaría de ésta. Si algo le gustaba al gobierno de la ciudad eran precisamente esas dos cosas: los animales y los viejitos. Imaginé que aún tendríamos prioridad los segundos. En eso tocaron el timbre del portal, era miércoles, era Willem. Le dije por el interfono que subiera y anuncié:

–Me gustaría llamar a un testigo.

–Esto no es un juicio –dijo el Cabeza de Papaya.

–El testigo refutará su acusación –respondí.

Esperamos. Willem tardaba muchísimo, para variar. Una cucaracha salió de la cocina, sus antenas detectaron la tensión del instante y se metió de vuelta. La muchachita se acercó al cuadro que colgaba en la pared y se quedó contemplándolo un buen rato, antes de decir:

–¿Lo pintó usted?

–No, fue mi padre.

–¿Es su mamá? La esposa de su papá, quiero decir.

–Sí.

–Debe haber sido muy bonita.

La miré atentamente, de arriba abajo y de abajo arriba.

–¿Cómo dijiste que te llamabas? –le pregunté.

–Dorotea.

En el instante en el que el Cabeza de Papaya se disponía a censurar la diplomacia de corazón de pollo de la muchachita, tocaron a la puerta. Abrí. Willem atravesó el umbral y el Cabeza de Papaya me miró con sorna:

–¿Es una broma?

Venía con su uniforme de mormón sudadísimo, con la mochila negra en la espalda, la Biblia eterna en la mano derecha. Dorotea se acercó para leer la plaquita que colgaba de su camisa: era tan bajita, y Willem tan alto, que sus ojos alcanzaban a la altura del corazón del muchacho.

–Mucho gusto, *Güilen* –dijo.

–¿Es usted holandés? –preguntó el Cabeza de Papaya.

–Soy de Utah –respondió Willem.

–Gringo –resumió el Cabeza de Papaya.

–Actualmente, mi familia...

–No es hora para genealogías, *Güilen* –lo interrumpí.

Le pedí que confirmara que el día de la muerte del perro él había estado conmigo y que yo no había dado órdenes, ni ideas, para ejecutarlo.

–¿Qué día *errra?* –preguntó.

La muchachita le dijo la fecha: el número del día y el mes.

–No, lo siento. *Quierrro* decir qué día de la semana *errra* –dijo.

En la denuncia no constaba. Fuimos a mirar el calendario que tenía colgado en la cocina. La cucaracha, entretenida con un granito de azúcar. El calendario era de 2012, así que había que sumarle un día. Buscamos: lunes, es decir, había sido un martes.

–No –dijo Willem–, yo sólo vengo los miércoles.

–¿Seguro? –le dije–, ¿segurísimo?

–Y los sábados –completó.

El Cabeza de Papaya salió de la cocina y se dirigió a la puerta del departamento, con aire de suficiencia, como si finalmente aquello sí fuera un juicio.

–¡Esperen! –grité–. ¿2012 no fue año bisiesto?

Volvimos al calendario: febrero tenía veintinueve días.

Eso no cambiaba en nada el cálculo, pero al menos sembraba la confusión. La muchacha sacó un celular e iba a ponerse a buscar allí la fecha. La toqué con mi mano temblorosa en el antebrazo (soy muy bueno en eso). Se apiadó y guardó el aparato. El Cabeza de Papaya me extendió una copia de la denuncia y un citatorio, para dentro de dos semanas. Se fue arrastrando la congoja de Dorotea, que me miraba como si el maltrato animal fuera castigado con lapidación, castración química y ahorcamiento, uno atrás de otro.

—¿¡Qué carajo te pasa, *Bilem!?* —le grité en cuanto cerraron la puerta.

—Mentir es contra los mandatos de Dios —dijo.

—Dios no existe, muchacho, no estás entendiendo nada.

Fui hacia la estantería y saqué la *Teoría estética*. Estuve a punto de tirársela a la cabeza, ¿pero qué iba a ganar con eso? Lo que debería haber hecho era pedir prestado un *Palinuro*. Ésa sí el güerito no la contaba.

—No te quiero volver a ver —le dije, mientras abría la puerta de nuevo.

Recogió la mochila y empezó su peregrinar rumbo a la salida.

—Oye, antes de que te vayas, dime una cosa.

—¿Qué?

—¿De qué tengo nariz?

—¿Cómo?

—Sí, ¿a qué se parece?

Se quedó mirando fijamente mi nariz sin atreverse a abrir la boca.

—Dímelo.

—¿A una papa?

—Vete, vete, fuera, úscala —le ordené.

Se fue sin reclamar: los dos sabíamos que el sábado estaría de vuelta. Me serví una cerveza y, cuando me calmé, me puse a leer la denuncia y entonces me di cuenta del apellido del denunciante. Bajé hecho un cohete destartalado rumbo a la verdulería, atropellé las sillas del zaguán y llegué gritando:

—¡No te imaginas quién me quiere meter al tambo!

Juliette interrumpió lo que estaba haciendo, que era platicar con Dorotea.

—Pásale, Teo —dijo Juliette—, deja te presento a mi nieta. Ésta es Dorotea.

—Ya la conozco —le respondí—, trabaja para la policía canina, ¿cómo fue que te salió una nieta contrarrevolucionaria?

—Esto no tiene nada de contrarrevolucionario, todo lo contrario —se defendió Dorotea.

—¡No me digas! ¿La Revolución la van a hacer los perros?

—Pues no te rías, eh —dijo Juliette—, los chuchos ya dominan la calle. Cálmate, Teo, Dorotea es buena muchacha, demasiado idealista, qué le vamos a hacer, por algo es nieta de su abuela.

—Mejor me voy, abue —dijo Dorotea—, regreso otro día.

—¡Pero si nunca vienes!

—Ahora sí voy a venir, vas a ver que sí.

Abrazó a Juliette con tanta ternura que hasta le perdoné que anduviera persiguiéndome.

—Oye, mija —dijo Juliette—, ya no me mandes a tus amigos, todos me quedan a deber.

—Colabora con la causa, abue.

—No tengo jitomates suficientes para tantas causas. Y aquí hay que pagar, si no de qué voy a comer.

Terminaron el abrazo y, antes de irse, Dorotea me preguntó:

—¿El muchacho es su amigo?

—¿El mormón?

—Ajá.

—¿Te gusta? ¿Quieres que les arregle una cita?

Su larga cabellera se electrizó.

—No, no, era curiosidad, siempre me han dado curiosidad los misioneros. Además, me sorprendió su integridad.

—¿Integridad?

—No estuvo dispuesto a mentir para darle una coartada.

—Pues mira, ahora que lo pienso harían buena pareja, el traidor y la contrarrevolucionaria. Les voy a arreglar una cita.

—Tengo novio.

—¡¿Tienes novio!? —interrumpió Juliette a gritos—. ¡¿Para eso hicimos la Revolución Sexual!?

—Ahora sí ya me voy, abue —dijo Dorotea.

—Oye —le dije—, no vayas a abusar del muchacho. Tiene diez años menos de lo que aparenta, eh. Mentalmente, quiero decir.

Salió de la verdulería y Juliette se metió a la trastienda, de donde volvió con dos vasos de cerveza.

—¿Sigues viendo al mormón? —preguntó—, ¿a poco te va a acabar convirtiendo?

—No te preocupes, estoy vacunado.

—¿Entonces?

—Soy yo el que lo anda convirtiendo. Al muchacho le falta experiencia.

—¿Le tienes lástima?

—Ni que fuera un perrito.

Sorbimos la cerveza y, como no estaba muy fría, la espuma le dibujó a Juliette un bigote efímero.

—No sabía que tenías una nieta —le dije.

—Nunca me preguntaste. Se nos va la vida en pura payasada. ¿Tú tienes nietos?

–No.

–¿Hijos?

–Tampoco.

–¿No me dijiste que eras viudo?

–Ajá.

–¡Era mentira!

–¿Y eso qué importa? ¡La familia es una institución burguesa!

–¿No serás maricón?

–Cómo crees.

–No tendría nada de malo, en esta verdulería respetamos todas las creencias, hasta las anales. ¿Te estás acostando con el mormoncito?

–No te pases, *Yuliet*.

–¿Entonces?

–¿Entonces qué?

–¿Eres viudo imaginario?

–Oye, yo no vine a hablar de eso. ¿Quieres que te cuente lo que pasó o no? ¡No sabes quién me anda denunciando!

Murió otro poeta y la tertulia en pleno atravesó la ciudad para ir a despedirlo a una funeraria (el poeta no había logrado abrir las puertas de Bellas Artes). Se habían ido todos menos Hipólita, a la que encontré sentada en el zaguán acariciando con la mano izquierda un ejemplar gastadísimo de los poemas del poeta que reposaba en su regazo. En la mano derecha llevaba una escayola.

–Hoy sí hubiera quediro ir –dijo, suspirando–. Era de mi rrieta.

El analgésico, además de soltarle la lengua, se la enredaba, cambiándole la posición de las letras.

–¿Era de Veracruz?

–Sí, de Córboda, como yo.

Hipólita tenía tres hijos que todavía vivían en Veracruz, de donde ella había escapado después de que el marido muriera y sobre su cadáver brotaran bastardos como champiñones. Me acerqué y vi la portada del libro, tan delgadito que no alcanzaría ni para matar pulgas: el dibujo de tres perros, furiosos; dos peleando, revolcándose en el suelo, y el tercero, ladrando hacia un horizonte figurado, que quedaría localizado en el lomo del libro. Hipólita los acariciaba como si tratara de calmarlos, como si de eso dependiera que descansara en paz el alma del poeta.

—¿Se suspendieron las clases de migajón? —pregunté.

—No, ¿qor pé?

—Su mano —dije.

—Ah, por eso. Estoy trajabando así, con una namo. ¿Quiere ver?

No esperó mi respuesta y se metió en el cuarto de los cachivaches. Trajo una caja de jabón para lavar la ropa, de donde fue sacando las figuritas con una destreza desastrosa. Eran plastas deformes de colores, pájaros abortados con violencia, expulsados del huevo y fritos en el sartén antes de que dijeran pío. Sabía que eran pajaritos porque Hipólita y sus pupilos eran monotemáticos, si no me habría sido posible imaginar que eran cualquier cosa o que no eran nada.

—Les faltan las marritas —se disculpó—, ésas las voy a hacer cuando me tiquen el yeso.

Examiné a la luz de la lámpara del zaguán un mazacote azul.

—Ése es un sellimero —explicó—. Hay muchos en Veracruz.

El arte del migajón, que a través de la historia había sido rabiosamente ingenuo y figurativo, acababa de entrar, con atropello, al abstraccionismo. Hipólita se había saltado, eso sí, todas las etapas previas, y por eso su aportación, con toda seguridad, sería incomprendida. Ni siquiera el arte, que se cree territorio de la libertad, está abierto a aceptar la anomalía: el migajón necesitaría atravesar primero por el impresionismo y por el cubismo, como mínimo, para poder entender las figuras de Hipólita como una evolución.

—¿Qué es eso rojo? —pregunté, porque había advertido que todas las figuras estaban salpicadas de manchas rojas.

—¿Eso? —dijo, señalando la panza del supuesto semillero.

—Ajá.

—Es sangre.

—¿Están muertos? —pregunté.

—Cómo van a estar tuermos si son de mijagón —dijo—. ¿Qué le paceren?

Fui devolviendo las figuras con cuidado a la caja de detergente, mientras buscaba las palabras adecuadas a la situación.

—Me parece que no debe suspender el analgésico que está tomando.

Me había inscrito a escondidas en La Esmeralda para tomar clases de pintura. Mi hermana, que desde siempre había sido más práctica y se comía las papayas en vez de contemplarlas, fue a estudiar comercio. De una manera bastante cruel, eso sólo puedo reconocerlo ahora, casi sesenta años después, la castigada iba a ser ahora mi madre. Todo indicaba que mi hermana se convertiría en secretaria. Eso y la longitud de sus piernas horrorizaban a mamá. Yo iba en camino de repetir el error de mi padre, que tanto la había desquiciado: confundir afición con vocación. Como si fuera una cuestión genética, un defecto físico o una enfermedad incurable, yo estaba convencido de que había heredado su temperamento artístico.

Iba a La Esmeralda y muy rápido había descubierto que lo que de verdad me interesaba pasaba afuera de ella, en la vida bohemia. Nos juntábamos en los alrededores y cuando se completaba el contingente marchábamos a las cantinas del centro. Estaba feliz de la vida, había encontrado mi vocación, hasta que una madrugada Solovino metió el hocico en el bolsillo de los pantalones que yo había dejado tirados al lado de la cama. Al día siguiente el perro no despertaba, respiraba de manera casi imperceptible y, por más que mi madre lo zarandeaba, no reaccionaba. Por la tarde mamá lo llevó al veterinario, que diagnosticó que se había intoxicado con mariguana. Fue un diagnóstico sencillo, sólo había que olerle el hocico, y si mi madre no lo había descubierto antes era porque nunca había olido la yerba mala. Cuando aquella noche volví a casa después de *tomar clases* en La Esmeralda, mamá me esperaba despierta, sentada en la sala, para ponerme al tanto de lo que había dicho el veterinario. Era una acusación manifiesta, pero como yo venía alegre, a medios chiles, y como no iba a admitir de ninguna manera la culpa, intenté quitarle dramatismo al asunto:

–Impresionante –le dije–. ¿Y cómo le hizo el perro para encender el gallito?

Mamá sólo dijo una cosa:

–Me descorazonas.

Supongo que podría haber dicho que le rompía el corazón, pero eso habría supuesto una debilidad de su músculo torácico, como si tuviera un defecto que le impidiera soportar las desilusiones y el descorazonamiento fuera en parte su culpa. En cambio, ella estaba usando el verbo con un significado prehispánico: descorazonar como arrancar el corazón. Ahí sí la culpa era toda mía. Mi madre acabaría muriendo por el corazón, que no es lo mismo que del corazón. Estaba en el Centro Médico Nacional cuando una parte del Hospital de Cardiología se derrumbó, el 19 de septiembre de 1985. Tenía setenta y tres años y el día anterior el cardiólogo de otro hospital le había asegurado que estaba sana, pero ella estaba convencida de que se iba a morir. Decía que no estaba lista todavía, la posibilidad de reencontrarse con mi padre la aterraba (papá no había muerto aún, pero ella no lo sabía). Se empeñó en ir a Cardiología al día siguiente para pedir una segunda opinión. Como no tenía cita, fue temprano para que alcanzaran a atenderla: llegó antes de las siete diecinueve. Se habría salvado y habría vivido unos años más si le hubiera hecho caso a Schönberg, a quien, obviamente, nunca leyó: el que no busca no encuentra. ¿Pero la muerte se busca o nada más se encuentra?

Solovino despertó más tarde y durante las siguientes horas se dedicó a observar las sombras que proyectaban las cosas sobre las superficies del mundo. Pasó una tarde entera siguiendo a una hormiga y estudiando sus hábitos. A mí me siguió un enviado de mi madre, un compañero de Correos que le debía un favor, porque mamá le cubría las espaldas cuando se ausentaba. El espía acabó descubriendo que yo iba a La Esmeralda y, para encarecer el precio del favor y saldar sus deudas, le contó todo tipo de detalles escandalosos, especialmente que mis compañeros eran un contingente de zarrapastrosos, mariguanos, maricones y comunistas. Y que los maestros eran justamente eso: sus maestros. Mamá me prohibió volver a acercarme a la escuela, bajo amenaza de quedarme huérfano, con ella en vida. Volvieron a escucharse en casa los reproches que le espetara, una y otra vez, a mi padre: *El arte no sirve para nada. Te vas a morir de hambre. Nosotros no podemos darnos ese lujo.* Yo pensaba: ¿el lujo de ser artistas, el lujo de morirnos de hambre o el lujo de hacer algo inútil? Y, por si fuera poco, el peor chantaje de todos: *El arte es para señoritos.*

Yo le hablaba de mi supuesta vocación y trataba de ponerle ejemplos para rebatirla, historias inventadas de pintores imaginarios que se habían sobrepuesto a la miseria y habían grabado sus nombres con letras de oro en la posteridad.

—No me vengas con cuentos de artistas franceses —me interrumpía—. Eres igual que tu padre y eso no lo voy a tolerar. Míralo, lo único que sacó de su vocación fue pura frustración. Mira cómo acabamos.

Entonces, cuando amenacé con irme de casa, aunque fuera a vivir a la calle, para demostrarle que iba a ser artista, por mucho que se opusiera, convocó a mi hermana y nos anunció, con la solemnidad de las mentiras definitivas, esas que no tienen vuelta atrás y obligan al que las dijo a serles fieles hasta la muerte, que padecía artritis y que el médico le había prohibido seguir trabajando.

—Hasta aquí llegué yo —nos dijo, como si se le hubieran acabado las pilas—, ahora les toca a ustedes.

A partir de aquel día, mamá se dedicó a dos cosas: a ir al médico y a cuidar a sus perros. Mi hermana consiguió su primer trabajo como secretaria y yo no volví a La Esmeralda. Mi aventura no había durado ni un año, pero al menos había aprovechado las clases de figura humana para ver mujeres desnudas. Con la excusa de *captar su esencia*, las había visto con tanta concentración, reteniendo en la memoria cada uno de sus pliegues, y me había masturbado tanto y con tanto ahínco, que, en los momentos de agotamiento visual y carnal, había llegado a una intuición triste: la sospecha de que quizá las mujeres no fueran un misterio tan maravilloso como para subyugar a ellas la vida.

Cortadas las alas, hice lo más sencillo: pedirle trabajo a mi tío en su puesto de tacos. Ya que tendría que renunciar a mi supuesta auténtica vocación, me pareció un trabajo tan bueno como cualquier otro, incluso mejor que muchos, cuyos sistemas de esclavitud estaban tan mal disimulados, aunque quizá, siendo honesto, ser taquero me parecía mejor porque le había agarrado tirria a los perros. El puesto de mi tío estaba en la Candelaria de los Patos y abría en la noche, por lo que empezábamos a trabajar a las cinco y media. Yo cortaba la cebolla y el cilantro, vigilaba las tortillas, servía el agua de jamaica y de horchata y daba el cambio junto con un dulce de menta. Entre semana, el puesto cerraba a medianoche; el fin de semana, a la una y media. Me fui acostumbrando a pasar las horas de pie, trajinando, participando de las bromas con los clientes habituales. Lo único que me molestaba, y a lo que nunca me resigné, fue a la peste de mis manos, mis manos de artista que ahora apestaban a una mezcla de cebolla, cilantro, menta y monedas y billetes sudados.

Tacos yendo y tacos viniendo, aguanté pacientemente, hasta que una madrugada hice el numerito de la media de nylon. Las medias eran de mi hermana, que, por la mañana, al descubrir que alguien había estado revolviendo en el cajón de su ropa, me anduvo mirando de manera sospechosa hasta que vio a Solovino tieso. Entonces vino y me dijo:

–Te tardaste.

Sorprendentemente, mi madre no pidió autopsia. Salió a dar un paseo y volvió con un chucho que había encontrado merodeando en los alrededores del mercado. Le puso así, Mercado, aunque eso ni siquiera era un nombre de perro. Cuando mi hermana se lo dijo, mamá se negó a ponerle otro, haciéndose la desentendida. Fue otra cosa que empezó a hacer por aquella época, además de dejar de trabajar: hacer como que no entendía y, a veces, tal cual, hacerse la loca. Parecía haber descubierto que, ahora que mi hermana y yo éramos adultos, podía cambiar la manera en que nos manipulaba, de su habitual intransigencia, que era muy cansada, a una actitud despistada con la que nos iba transfiriendo, como sin darse cuenta, el peso de las responsabilidades.

96

Le prometí a mi madre que daría sepultura a Solovino y me llevé el cadáver a un puesto matutino de tacos de barbacoa que había cerca de casa. Me dieron cinco pesos: el precio de cuatro cervezas. Al día siguiente la invité a desayunar para que se le pasara la tristeza. Cuando el taquero vio que me acercaba y le pedía dos órdenes con todo, el cabello se le erizó del susto como imaginando que lo habíamos implicado en un ritual de brujería.

—¿Están buenos? —le pregunté a mamá mientras masticaba afanosamente.

Hizo que más o menos meneando la mano izquierda y, una vez que hubo tragado el bocado, me susurró al oído, para no ofender al taquero:

—La carne está medio correosa.

Iba al restaurante chino un día sí y otro también a tomarme una cerveza. Llevaba siempre el periódico y, a veces, el cuaderno. Pero en realidad lo que hacía era analizar el ir y venir de los chinos, intentando descubrir su secreto. Un día los veía salpicar agua por los rincones del restaurante. Yo volvía al departamento y los imitaba. Las cucarachas, aplaudían con las antenas: hidratadas. Otro día anotaba en el cuaderno las marcas de los productos de limpieza que los veía usar, compraba los mismos y se los daba a la muchacha que venía dos veces por semana a escombrar el departamento, junto con una serie de severas instrucciones: éste lo aplicas directo, este otro, diluido en agua. Los olores cambiaban, también mudaba un poco el lustre de las superficies. Las cucarachas, como si nada. Instalé plantas de plástico: las cucarachas las agarraron de resort. Puse lámparas de papel en todos los focos, que tuve que quitar de madrugada: el ruido de las patitas cuando caminaban encima me despertaba.

Fui acumulando las galletas de la suerte en una caja que tenía guardada debajo de la cama. Me parecía que recibir un augurio al día era excesivo. Peligroso, incluso. De vez en cuando, en especial cuando me desesperaba y estaba a punto de claudicar, abría alguna en busca de una pista, que solía funcionar tanto como una serie de palmaditas en la espalda.

Ciertos miércoles, o sábados, traía conmigo a Willem, al que se le ocurrían las teorías más descabelladas. Que era el olor de los chinos el que espantaba a las cucarachas. Que se las comían fritas. Que la decoración era tan horrorosa que ni las cucarachas entraban. Había algo de verdad en esa afirmación: el restaurante estaba siempre vacío. Hasta llegó a regalarme uno de esos gatos que no paran de mover la manita. Una figura de cerámica, quiero decir. El gato acabó convertido en parque de diversiones de las cucarachas.

Juliette se apiadó de mí y aseguró que tenía un camarada que hablaba chino, un maoísta que había aprendido mandarín en Perú.

–Le voy a pedir que te ayude –me dijo–, pero tienes que prometerme que no le vas a preguntar nada ni le vas a hablar de él a nadie, está en la clandestinidad.

Juliette organizó el encuentro una tarde en la verdulería, para que le explicara la situación. El tipo resultó ser un muchachito de veintitrés años que apareció vistiendo una camiseta roja, chamagosísima, de Sendero Luminoso. Llevaba rastas y tenía las yemas de los dedos manchadas de algo que podía ser tinta, tabaco o pólvora. La clandestinidad era que vivía desde hacía cuatro años en un campamento del CAH en la facultad de filosofía de la UNAM. El CAH: el Consejo Alternativo de Huelga. Yo había venido prevenido, cargando la *Teoría estética*, por si acaso, por si las cosas se ponían feas. Sus ojos se fueron directamente hacia ella:

–Tsss, al abuelito le gusta la onda hardcore –dijo.

Luego de que lo pusiera al tanto de mis necesidades, atravesamos la calle y se metió solo al fondo del restaurante a hablar con los chinos. Yo me quedé esperándolo afuera. Me había dicho que era mejor así: que a los chinos les encantaban las conspiraciones. Salió de vuelta en menos de dos minutos, cargando en la cara su mejor imitación de la condescendencia, que era pésima.

–Imposible –me dijo–, estos chinos son coreanos.

Quiso cobrarme doscientos pesos y acabé dándole veinte. Volvió a mirar la *Teoría estética* que ladraba en mi mano derecha.

–Si le va esa onda yo le puedo conseguir –aseguró–. Yo surto a una biblioteca que está aquí cerca, la biblioteca de un banco, ¿la conoce?

–¿Tú haces negocios con un banco?

–Son formas posmodernas de la extorsión, lo que importa es poner a funcionar el capital a favor de la Revolución.

–¿Robando a la universidad?

–El presupuesto de la universidad sale del gobierno. Es un crimen moralmente bueno al cuadrado. ¿Le interesa o no? Bara, bara, veinte pesos el libro.

–A mí me salen gratis, yo me los robo de la biblioteca.

–¡Órale! Ladrón que roba a ladrón que roba a ladrón que roba a ladrón. Ya se ganó el perdón infinito. Pero en la biblioteca hay lo que hay, no puede escoger, yo le ofrezco servicio de pedidos.

–Consígueme las *Notas de literatura*.

–Tsss, más fuerte que eso nomás las películas *snuff.*

–Es un regalo.

–Uy, pues si le pone veneno en la esquina de las páginas es el regalo perfecto. Yo se lo consigo.

Me estrechó la mano de una manera extraña y nos

quedamos con los dedos enredados. Le pregunté cómo se llamaba.

—Mao —dijo.

—Tu nombre de verdad.

—Mao es mi nombre de verdad. Ya sabe lo que dicen, abuelo, nombre es destino.

—No me digas abuelo. Yo no soy abuelo de nadie, no tengo nietos.

—¿Y quién dijo que hace falta tener nietos para ser un abuelo? No lea tanto a Adorno, se le van a fundir los fusibles.

Era ese momento de la tarde en que la gente corría antes de que cerraran los comercios y que en la calle Basilia Franco se caracterizaba por la fila en la panadería y por las súplicas de Hipólita, que mendigaba migajón entre los clientes. Mao se había ido caminando de manera parsimoniosa, al ritmo de una canción imaginaria, preocupándose de no estorbar a los apresurados. En la esquina lo estaba esperando Dorotea. Los vi darse un largo beso y luego se metieron, abrazados, a la heladería.

Willem trajo un DVD de regalo para pedirme perdón: un documental sobre la vida y obra de Juan O'Gorman.

–¿Por qué me estás pidiendo perdón? –le pregunté–. ¿Por no haber sido leal conmigo o porque tus convicciones son más importantes que nuestra amistad?

Se quedó pensando, confuso.

–No tenías que pedirme disculpas –lo conforté–, pero el regalo sí te lo agradezco. ¿Dónde lo compraste?

–En el tianguis.

–¿Piratean documentales de Juan O'Gorman? Eso sí que es un símbolo del progreso del país. O'Gorman es mi favorito.

–Ya lo sé.

–¿Cómo lo sabes?

–Poniendo atención a lo que dice. Para llegar al Señor hay que aprender a escuchar al prójimo.

Saqué el disco del empaque y caminé hacia el aparato que tenía encima de la televisión.

–Oye –le dije–, la muchachita de la policía canina me preguntó por ti. ¿Quieres que les organice un encuentro?

Si quieres te presto el departamento, nomás que te traes tus sábanas.

Se puso colorado.

–Sexo antes del matrimonio es pecado –dijo.

–¡No me digas! ¡Pues cásate con ella!

En la pantalla de la televisión apareció una foto en blanco y negro congelada: Juan O'Gorman con las dos manos recargadas en el barandal de un segundo piso interior de lo que parecería ser la Casa Azul. En la mano izquierda sostenía un plano enrollado, en la derecha un puro. Vestía una chamarra de gamuza y unos pantalones de lana, el pelo engominado peinado hacia arriba y detrás de las gafas esa mirada atormentada que ya presagiaba la tristeza que se le iba a venir encima, si no es que ya la cargaba. Willem se percató de mi fascinación:

–¿Por qué le gustan tanto esos programas? –dijo.

–Ya te lo dije varias veces, yo los conocí a todos, bueno, a la mayoría. A unos de cerca y a otros de lejos, pero yo los conocí, yo podría haber sido uno de ellos.

–¿Y qué pasó?

–Qué va a pasar, *Güilen*, que no puede haber posteridad para todos, no alcanzaría la memoria del mundo para recordarnos a todos, no habría calles suficientes para homenajearnos, ni parques para nuestras estatuas, ni cineastas para filmar documentales, ni espacio para tumbas en la Rotonda de las Personas Ilustres. La vida tiene que hacer una selección. Y la hace de manera implacable.

–Dios dispone.

La televisión se puso a hablar de arquitectura funcionalista.

–Dios no existe, muchacho, es algo mucho más complicado, una mezcla de circunstancias, talentos, azares, conocimientos, ¡hasta genética!, si no tienes la combinación sorteada acabas de taquero. Y yo no fui la excepción, al contrario, fui la regla: ¿cuántos de los que nos juntábamos en La Esmeralda llegamos a algo en la vida? ¡La minoría!

–¿Qué es La *Esmerrralda*?

–Una escuela de pintura. Por ahí pasaron todos los genios del arte del siglo veinte mexicano, como profesores o como alumnos. Y también pasamos los demás: la carne de cañón, el relleno, los extras, los colados, los que no teníamos la combinación que daba entrada a la historia del arte. Estábamos los que un día teníamos que renunciar a nuestras aspiraciones, empujados por las circunstancias o por la aceptación de nuestras limitaciones. Luego estaban los que perseveraban en la mediocridad, hacían del arte una profesión y se condenaban a una vida de ridículo. Y encima había los que no podían hacer otra cosa más que seguir pintando, pasara lo que pasara, y acababan locos, enfermos, muertos en la juventud, los mártires del arte. De ésos conocí un puño, de ésos están llenas las fosas comunes. Había uno que había tomado unas cuantas clases en La Esmeralda en los años treinta y cuando yo estudiaba ahí, en 1953, se aparecía de vez en cuando en los alrededores para buscar compinches de parranda. Como a mí también me gustaba la vida bohemia, acabamos haciéndonos amigos, éramos el terror de las cantinas del centro. Una vez me enseñó sus cuadros, que eran estremecedores, desgarradores, buenísimos. Talento no le faltaba, tenía tanto o más que cualquiera de los consagrados. ¿Sabes lo que le pasó? Acabó en la indigencia, volví a verlo en 1960, en mi puesto de tacos, en la Candelaria de los Patos, ¿conoces?, ahí en el centro. Ni se acordaba de mí, estaba totalmente ido, venía a pedir comida y yo le daba tacos para que no me espantara a los clientes. Un día lo encontraron tirado en la calle donde yo tenía el puesto.

Tendría unos cuarenta años. Murió en la calle como un perro callejero.

—¿Cómo se llamaba?

—Ni siquiera lo sé, le decían el Hechicero. El nombre nunca se lo pregunté y ahora es imposible saberlo, se lo tragó la historia. O más bien el olvido.

—Dios se apiada de los olvidados.

—¿Me vas a dejar ver la película?

Más tarde, cuando por fin Willem se fue, regresé la película hasta localizar una fotografía que había visto de reojo, mientras Willem se afanaba en desviar mi atención de la pantalla con su cháchara. Era un retrato de Juan O'Gorman abrazando a una mujer llamada Nina Masarov. Presioné el botón de pausa y miré la fotografía mientras sorbía una cerveza, y otra, y otra. Aunque se trataba de un retrato de novios, una postal que O'Gorman le había enviado por correo a Frida Kahlo desde Europa, era seguramente el retrato más triste que yo hubiera visto: a la tradicional mirada atormentada de O'Gorman se sumaba el aire resignado y ausente de la novia, que parecía saber perfectamente que aquello no tenía futuro. O peor: que nada tenía futuro. Imaginé que sería originaria de alguna de las superpotencias de la tristeza: de algún país centroeuropeo, o de Alemania, de Polonia, de la madre Rusia. Miraba el retrato pensando en Marilín y en todas las mujeres que pudieron haber sido y que nunca, nunca, fueron. O'Gorman tenía razón: a veces la vida era tan triste que había que matarse tres veces. Se me habían pasado las copas. Abrí el cuaderno y me puse a escribir todo lo que recordaba de Marilín, la manera en que gruñía, la longitud de sus piernas, la cabellera que no me dejaba que le tocara, como nunca me dejó tocarle nada.

Aquella madrugada tuve un sueño: bailaba con Marilín un bolero y, cuando estaba a punto de decirle algo, alguna de las tonterías que suelen decir los enamorados, sentía dos toquecitos en la espalda y al voltearme veía al Hechicero que sostenía un zapato en la mano derecha, un zapatón enorme que levantaba a lo alto y con el que se ponía a azotarme en la cabeza. Entonces todo se ponía negro y ni siquiera podía sentir el golpe de mi cuerpo al desparramarse sobre el suelo. Al despertar, dentro del sueño, yo miraba al Hechicero desde abajo, seguía tirado, pero ya no estábamos en el lugar del baile, estábamos en un dormitorio. Las paredes del cuarto estaban cubiertas de pinturas de palomas, de palomas muertas, de palomas atadas, desplumadas, ensangrentadas. Había una cama deshecha, las sábanas enredadas formando un bulto en el centro, y pinturas y pinceles por todos lados. Era el Hechicero de los primeros tiempos, con la vitalidad exagerada de los que no pueden controlar los zigzags entre la euforia y la desdicha, tan diferente del Hechicero raquítico y lunático del final de sus días. Se acercaba hacia mí, levantaba el pie, amenazando con pisarme, abría la boca y decía:

–¿Qué pasó, compadre?, esta novela se está poniendo muy cursi.

–Esto no es una novela –yo lo rebatía.

–¡No me digas! Pues eso parece.

–¿Cómo llegamos aquí?

–Eso qué importa.

–Estábamos en el baile.

–*Estábamos*, ahora estamos aquí.

–¿Dónde está Marilín?

–Marilín, Marilín... ¡YO HE SUFRIDO MÁS QUE CRISTO! ¿ME ESCUCHAS? ¡YO HE SUFRIDO MÁS QUE CRISTO! ¡SI TE CREES QUE VOY A DEJAR QUE ME METAS EN UNA NOVELA ROMÁNTICA Y DE SUPERACIÓN PERSONAL ESTÁS MUY PERO MUY EQUIVOCADO!

En ese momento desperté, porque, además de los gritos del Hechicero dentro del sueño, afuera, en la vida real, me dio una punzada en el hígado. Tardé tanto en volver a dormir que memoricé el sueño.

Por la mañana, silencio tenso en el ascensor, mientras bajaba. Al momento en el que el aparato rebotó en el zaguán, Francesca se puso a corregirme:

–*Marilyn* no lleva acento en la i. Y se escribe con i griega.

Vinieron un inspector del departamento del Distrito Federal y el líder de los puesteros del centro. Eran las seis de la tarde y mi tío no había llegado todavía. Yo estaba parado en la esquina, esperándolo. El inspector me enseñó una credencial, avisando, entendí, que eso lo autorizaba a cometer atropellos de distinta naturaleza. El otro sacó de una mica una tarjeta cochambrosa de la Confederación Nacional de Organizaciones Populares, que era, aparentemente, un pasaporte a cualquier lugar que se le ocurriera. A ése yo lo había visto antes, era el que venía a cobrar las cuotas. Así le decía mi tío: el de las cuotas. Los dos cargaban carpetas atestadas de papeles, plumas detrás de la oreja, clips entre los botones de la camisa: iban disfrazados de chupatintas ambulantes.

–Tú eres el que ayuda al Bigotes, ¿no? –dijo el de las cuotas, mientras volvía a poner la tarjeta en la mica con delicadeza de anticuario.

Bigotes era el apodo de taquero de mi tío y era también el nombre de su puesto: *Tacos Don Bigotes*. Dije que sí y que estaba atrasado, que a esas horas el puesto ya debería estar montado y que yo tendría que estar picando la cebolla y el cilantro.

–¿Tú no te has enterado de lo que pasó? –preguntó el inspector.

Meneé la cabeza de derecha a izquierda y de izquierda a derecha.

–Al Bigotes se lo cargó la chingada –dijo el de las cuotas.

–¿Cómo? –dije, del susto, pero interpretaron que yo quería saber cómo había pasado.

–Lo encontraron en La Alameda, le metieron cinco puñaladas, dos de ellas mortales –explicó el inspector.

–¿Cómo? –volví a decir, otra vez del susto, y ahora pensaron que yo quería saber por qué.

–Parece que fue un «lío de faldas» –dijo el inspector, poniendo las comillas con un tono de sarcasmo burocrático.

–Lío de puñales, más bien –dijo el de las cuotas, riendo.

Levanté las cejas lo más que pude hacia el cabello: mi instinto me decía que era mejor fingir que yo no sabía nada de eso.

–¿Tú no sabías que el Bigotes era puñal? –dijo el inspector.

Dije que no. En realidad dije de nuevo:

–¿Cómo?

–¿Y tú qué? –preguntó el de las cuotas.

–¿Yo qué?

–¿Tú también eres puñal?

Dije que no. Que tenía novia.

–Pues todos piensan que eres puñal –siguió–. Todos los ayudantes del Bigotes eran puñales. Se los traía de una vecindad de la calle Luis Moya. ¿Sabes de qué estoy hablando? ¿No nos estás echando mentiras?

Les expliqué que a mí el Bigotes me había dado trabajo porque era mi tío. Se miraron entre ellos como consultándose si dar el pésame aplicaba en este tipo de situaciones y tratándose de gente de su calaña. Concluyeron que no.

–¿Pero eres puñal o no? –insistió el de las cuotas.

–Ya les dije que no, el Bigotes era mi tío.

–Pues no vaya a resultar que es genético –dijo el inspector.

–¿Eres o no eres? –volvió a preguntar el de las cuotas.

Les volví a decir que no.

–Mejor –dijo el inspector–. Así nos duras más.

–¿Te interesa el negocio, muchacho? –preguntó el de las cuotas.

–¿Cómo? –dije, porque no entendí, pero ellos pensaron que quería saber cómo funcionaba.

–Te dejamos la esquina y tú nos das diez por ciento de lo que saques –dijo el de las cuotas–. Diez para mí y diez aquí para el compadre.

–Diez para la Confederación y diez para el Departamento –lo corrigió el inspector.

–Pero no tengo puesto –dije.

Me explicaron que me lo rentaban, que era parte del acuerdo, que ya estaba incluido en el diez por ciento.

–En el veinte –dijo el de las cuotas.

–¿Le entras? –preguntó el inspector.

–No sé, tengo que hablar con mi mamá.

Se miraron entre ellos como si por un instante sospecharan que se habían equivocado de persona, que todo era un malentendido. Me preguntaron cuántos años tenía. Les dije que veintiuno.

–¿Y vas a preguntarle a tu mamá, muchacho? –dijo el inspector–. A tu mamá lo que tienes que hacer es ayudarla, el puesto es muy buen negocio, ya verás.

—El Bigotes era su hermano, y todavía no sabe nada —expliqué.

—Pues con mayor razón —dijo el inspector—, le dices que fue una herencia, tu mamá se va a poner contenta.

—Tienes que decidirlo ahora —dijo el de las cuotas—, te estamos dando una oportunidad, hay fila para entrarle a esta esquina.

Yo sabía que de verdad era un buen negocio, una de las cosas en las que ayudaba a mi tío era a contar el dinero cuando cerrábamos el puesto. Les dije que sí, pensando en que si decía que no me quedaría sin nada, y en cambio si aceptaba, y no me gustaba, lo podría abandonar. El inspector me entregó una tarjeta: detrás había escrito un código formado por letras y números.

—Si viene algún compañero del Departamento, tú le enseñas esta tarjeta. Guárdatela en la cartera. No la vayas a perder. Sin esta tarjeta no eres nadie, ¿entendiste?

Dije que sí.

—A la noche paso yo para hacer cuentas —dijo el de las cuotas—. Más te vale que las cuentas estén completas, no te vayas a pasar de listo. No sea que vayas a resultar puñal.

—Otra cosa —dijo el inspector.

Se dio la vuelta hacia la banqueta de enfrente y estiró el brazo para hacerle una seña a un tipo que estaba recargado en la pared. El sujeto atravesó la calle sin mirar y un auto tuvo que frenar en seco para no atropellarlo. Cuando el conductor sacó la cabeza por la ventana para insultarlo, el hombre le mostró una pistola que traía escondida debajo de la camisa, fajada en el pantalón. Se acomodó la camisa de vuelta y llegó a nuestro lado. Tenía una cicatriz que le atravesaba la cara y llevaba un palillo entre los dientes. Era estrepitosamente feo, como la caricatura de un tirano dibujada por un artista angustiado por las atrocidades de una guerra, tan feo que acababa siendo deprimente, porque sugería que la belleza era un atributo moral.

–Buenas –dijo.

–Buenas –repetí.

El de las cuotas colocó su mano derecha sobre el hombro del hombre y me informó:

–Aquí el compadre es el que te va a vender la carne.

Tocaron el timbre y no era ni miércoles ni sábado. La voz cantarina de Mao en el interfono anunció:

—Traigo su pedido.

—¿Pizza? Te equivocaste de departamento.

—Vengo del FID: Filósofos Ininteligibles a Domicilio.

Le dije que subiera, presioné el botón que abría el portal y me puse a imaginar, durante los cinco minutos de rigor que tardaría en subir, que acabaron siendo casi diez, el revuelo que causaría en el zaguán la combinación de sus rastas, su andar danzarín y su olor. Por fin Mao aporreó la puerta de mi departamento como si tecleara un telegrama: un golpe aislado primero, seguido de varios toquecitos espaciados y culminados con una especie de batucada. Cuando abrí, con cejas de desconcierto, se disculpó:

—Es la costumbre.

Cambié la posición de mis cejas, hacia la interrogación.

—Son muchos años en la clandestinidad.

—Cómo tardaste, ¿venías de rodillas desde China?

—Fue por culpa del elevador, tardó una eternidad en llegar, hasta pensé que me iba a perder la caída del imperio yanqui mientras lo esperaba.

Lo dejé pasar y se puso a inspeccionar el departamento como si temiera que le hubiera organizado una emboscada. Luego de constatar que, salvo las cucarachas, nadie más nos acompañaba, se plantó frente al cuadro colgado en la pared.

—Está efectivo el monstruo —afirmó.

—Es mi madre —le dije.

—¿Y estaba así de gorda?

Vestía otra vez la camiseta de Sendero Luminoso, que despedía una peste a la distancia que confirmaba que se trataba de la misma prenda. La clandestinidad siempre fue una buena excusa para los andrajosos. Me quedé pensando en que sólo me visitaban militantes: muchachos uniformados, cargando sus mochilas en la espalda.

—Oiga —dijo—, ¿qué se trae la banda en el zaguán?, ¿es una secta?

—Algo por el estilo, una tertulia literaria.

—Cámara. ¿Y usted no participa?

—Cómo crees, yo no leo novelas.

—La novela es un invento burgués.

—¡No me digas!

Se descolgó la mochila y abrió el cierre para extraer dos libros, que me entregó. Quedé decepcionado de que la edición de *Notas de literatura* estuviera organizada en varios tomos y que el que me había traído, el tercero, fuera un libro tan delgadito, quizá no me iba ni a servir.

—¿Y los otros tomos? —pregunté.

—Los otros ya bailaron, éste era el único que quedaba.

Luego me detuve a mirar la portada azul y roja del otro libro que me había entregado: *El sueño y el inframundo*, de James Hillman.

—¿Y esto? —le pregunté.

—Es un regalo. Anda medio desactualizado en hermetismos.

114

Saqué la cartera y le di los veinte pesos acordados antes de que por algún cambio imprevisto en la historia, incluido ese misterioso regalo, acabara teniendo que pagarle más.

–Oye, ¿Dorotea es tu novia? –le pregunté.

–¿La conoce?

–Me la presentó Juliette. Además tuvimos un percance. ¿Sabes que tu noviecita trabaja para el sistema?

–Está confundido, abuelo.

–No estoy confundido, te vi con ella el otro día. Y ya te dije que no me llames abuelo.

–Pero Dorotea no es lo que usted se imagina.

–¿Ah, no? No me vas a salir con que está infiltrada.

Sorbió la nariz como si sorber la nariz significara decir que sí en el lenguaje cifrado de la insurgencia. Sorbió la nariz de nuevo y me pareció que había hecho la interpretación correcta.

–No inventes, es verdad.

–Mire, lo único que le interesa saber es que Dorotea ya archivó su denuncia, no se preocupe por eso.

–¿Ah, sí? ¿Y eso cuánto me va a costar? Ni crean que voy a pagarles.

–Tranquilo, abuelo, eso fue asunto de Dorotea, que se pasa de buena onda. Lo hizo como un favor especial, por ser amigo de su abuela.

–¿Y se puede saber qué carajo sacan infiltrándose en la Sociedad Protectora de Animales?

–Es una mina de oro de información. ¿Usted tiene idea de quién hace las denuncias? Puras señoras copetudas aburridas que no tienen con qué entretenerse, esposas de empresarios y de políticos, ¿quién más se va a preocupar en este país por los animalitos? Usted se ríe, abuelo, pero Dorotea acaba de conseguir todos los datos de uno de los hijos del hombre más rico del mundo.

–¡No me digas!

–Todo: dirección, teléfonos, email.

–¿Y de qué les sirven?

–No puedo hablar de eso, se nos cae la operación.

Entonces fui yo el que se puso a inspeccionar alrededor, como si temiera que en mi propio departamento alguien más pudiera estar oyendo esta conversación y se me implicara, sin deberla ni temerla, en quién sabe qué barrabasada. Cambié de tema atropelladamente:

–¿Te hicieron preguntas los de la tertulia?

–Tsss, no me interrogaban así desde la Cumbre del G-20.

–¿Qué te preguntaron?

–¿Que a qué venía?

–¿Y qué les dijiste?

–Que era un proveedor.

–Chévere. Se han de estar imaginando que eres mi *dealer*.

–O que le surto el Viagra.

–Oye, a la mejor tú puedes ayudarme.

–¿Quiere que le consiga la pastillita mágica?

–Quiero que me ayudes a conseguir un whisky que destilan en Tlalnepantla.

Acabé ofreciéndole una cerveza y, después, tres o cuatro cervezas después, le dije que me esperara y fui al cuarto, a sacar de debajo de la cama la caja con las galletas chinas.

–Escoge una –le ordené.

–La superstición es un invento burgués para manipul...

–Relájate, Mao, es una tradición de tu pueblo.

Eligió una. Después de abrirla, se comió la galleta y guardó el papelito en el bolsillo del pantalón.

–¿Y? –le pregunté.

–¿Y qué?

—¿Qué dice?

—No voy a decirle, si vamos a seguir una tradición por lo menos vamos a hacerlo bien.

—¿Eh?

—Si no, no se va a cumplir.

—Ni que fuera un deseo de cumpleaños. ¿Qué decía el papelito?

Metió la mano de vuelta al bolsillo del pantalón y, antes de pescar el papelito, sacó dos cables y un cargador de celular. Finalmente, leyó:

—*Sólo el futuro da un sentido al pasado.*

—¿Y eso era lo que no se iba a cumplir?

—No sabía que los chinos eran revisionistas.

Se guardó de nuevo el augurio en el bolsillo y, como si tuviera que retribuirme con una dosis de condescendencia por las cervezas y la galleta, miró por los rincones de mi departamento y afirmó:

—Tengo un remedio implacable contra las cucaras. ¿Quiere que se lo traiga?

—No te molestes, son invencibles, son más poderosas que el ejército yanqui.

—Justamente. ¿Tiene reproductor de discos compactos?

Marilín seguía en el mismo lugar en el que la había visto la última vez, sentada en un rincón de mi memoria, al borde de mi cama en mis fantasías de adolescente, ella seguía teniendo quince años y yo era un viejo: las mujeres conocen trucos asombrosos para combatir el paso del tiempo. Yo me sentaba a su lado, con suavidad, intentando disimular lo que pasaba debajo de la bragueta del pantalón.

—Estás igualita —le decía.

—Tú no.

—Ya lo sé, estoy viejo.

—¿De qué año vienes?

—Del 2013.

—Ufff. ¿Y? ¿Al final conseguiste ser artista?

—Ya sabes que no.

—¿Ya lo sé? ¿Cómo voy a saberlo?

—Fuimos vecinos hasta el ochenta y cinco.

—¿En serio?

—¿No lo sabías?

—Cómo voy a saberlo, si yo vivo en 1953.

Yo la miraba para reprenderla, pensaba en exigirle

que, por una vez en la vida, dejara de jugar conmigo, y entonces descubría que ella vestía el uniforme del colegio.

—Entonces no nos casamos —decía, suspirando aliviada.

—Claro que no.

—¿Por qué no nos casamos?

—¿¡Tú me lo preguntas a mí!?

Mi pregunta furiosa provocaba sus carcajadas, contenta de que su yo futuro hubiera tenido las agallas para rechazarme como ya lo hacía en el pasado.

—¿Y qué pasó en el ochenta y cinco? —preguntaba—. ¿Te tardaste más de treinta años en perder las esperanzas?

—Murieron mi madre y mi hermana y se aprovecharon de que el contrato de renta estaba a nombre de mamá para ponerme de patitas en la calle. Me tuve que buscar otro lugar para vivir.

—Lo siento, no sabía que habían fallecido.

—Sí sabías, hablé contigo aquel día.

—O sea, que eran puras puñetas mentales.

—¿Qué?

—Casarte conmigo, ser artista.

—¿Qué tienen de malo las puñetas?

—Tienes razón, se me había olvidado que eres un pervertido. Mira nada más, ya te mojaste los pantalones.

En ese momento, como si sus palabras produjeran la realidad, yo sentía la humedad extenderse por mi entrepierna y, al bajar la vista para confirmar la evidencia de la eyaculación, una sombra surgía de repente entre nosotros, una sombra gigantesca que lo cubría todo. Yo levantaba la vista y veía al Hechicero que se erguía amenazante, ¿cuánto medía el Hechicero?, ¿veinte metros?, ¿ochenta? Abría la boca para hablar, más bien para gritar, y era como si se estuviera preparando para escupir fuego.

—¿QUÉ TE DIJE? ¿QUÉ TE DIJE? MIRA NADA MÁS CÓMO

119

VA LA NOVELA. YO HE SUFRIDO MÁS QUE CRISTO. YO HE
SUFRIDO MÁS QUE CRISTO. YO HE SUFRIDO...

Desperté a la mitad de los gritos y abandoné de inmediato la tibieza de la cama, intentando asegurarme de no
caer de nuevo en el sueño. Estaba tan alterado que hasta
me pareció escuchar ruidos en la sala. Salí del cuarto y encendí las luces: las cucarachas concentradas en sus ocupa-
ciones. Me serví un whisky para calmarme y, como si se
tratara de un exorcismo, abrí el cuaderno y me puse a escribir con frenesí: *Decían que María Izquierdo le tenía
miedo. Que a Juan O'Gorman le gustaban sus cuadros. Que
Diego lo miraba desde las alturas, trepado en la arrogancia
de las escaleras y andamios de sus murales. Que Lola Álvarez
Bravo le había tomado unas fotos que habían salido veladas,
misteriosamente. Que Frida no lo recordaba. O fingía muy
bien no recordarlo. Que José Luis Cuevas no entendía si estaba con él o en su contra. Decían que era de un pueblo en el
que las familias de dinero habían practicado la endogamia
con ahínco hasta conquistar la deformidad, la imbecilidad y
la locura. Que había estado casado dos veces. Que era como
un seminarista al que se le hubiera metido el diablo adentro.
Decían que le había dado viruela, sífilis, gonorrea, tuberculosis, sarna, parvovirus. Que repetía todo el tiempo:* yo he
sufrido más que Cristo, yo he sufrido más que Cristo. *Que
presumía ser de una familia de dinero que había perdido su
riqueza en la guerra de los Cristeros. Decían que Agustín
Lazo le dijo que el cupo de atormentados en la historia del
arte ya estaba completo. Que nunca volvió a tomar clases en
La Esmeralda después de eso. Decían que tenía esquizofrenia,
que había estado recluido en todos los manicomios de la Ciudad de México, que le habían dado electroschocks, que le habían hecho la lobotomía. Que iba a la inauguración de las
exposiciones para espantar a las señoras copetudas, como se es-*

panta a los niños en el parque. Decían que sus cuadros se pa-
recían a los de Giorgio de Chirico. Que pintaba el paisaje del
Apocalipsis y que en sus naturalezas muertas las frutas hacían
pensar en necrofilia. Decían que no había viajado, que era
un provinciano. Que había nacido en Lagos de Moreno.

A la mañana siguiente, al salir de mi departamento,
más desvelado y resacoso que de costumbre, Francesca,
que vigilaba el rellano desde la puerta entreabierta del
suyo, me gritó:

–¡Hasta que por fin apareció el protagonista!

Había llegado un telegrama: una ola del Pacífico se había tragado a mi padre. Mamá no quiso saber nada, se encerró en su cuarto con Mercado. A Mercado, entre otros miles de cosas, lo volvían loco las puertas cerradas. No paraba de chillar, hasta parecía que mi madre lo hubiera contratado como plañidera. Mi hermana y yo nos subimos a un autobús y, dieciséis horas después, llegamos a Manzanillo. En la estación camionera nos estaba esperando mi padre. Para estar muerto, tenía buen aspecto. Para estar vivo, pésimo.

Nos llevó a comer mariscos a una palapa al lado de la playa. El mar olía a podrido. Mi padre se disculpó, como si eso también fuera su culpa. Nos pusimos a comer ceviche y camarones haciendo de cuenta que nunca hubiera estado muerto. Ni en la realidad ni en nuestro pensamiento. Mientras tanto, papá nos interrogaba. Si estábamos estudiando una carrera. Si trabajábamos. Las respuestas lo decepcionaron.

–Pensé que ibas a ser pintor –me dijo.

–Yo también –le respondí–, estuve tomando clases en La Esmeralda.

—¿Y qué pasó?

—Mamá tiene artritis, tuve que ponerme a trabajar.

—¿Te quedan buenos los tacos?

—Buenísimos, soy famoso en todo el centro.

—Me alegro —dijo, con la determinación frágil de las mentiras piadosas.

Luego me preguntó si tenía novia y le dije que en unos meses iba a casarme Era la época de mi supuesto matrimonio. Quiso ver una foto de mi novia. Yo no traía. Quiso saber cómo se llamaba. Le dije que se llamaba Marilín, pero mi hermana se entrometió y dijo que en realidad se llamaba Hilaria. Mi padre también quiso interrogar a mi hermana, pero ella se quedó callada, fingiendo que estaba muy ocupada disfrutando del horizonte: se veía a escondidas con un hombre casado. A la hora del postre nos recomendó que comiéramos mango en almíbar y por fin preguntó cómo estaba nuestra madre. Le hice una lista de sus achaques.

Acabamos el postre y comenzó a atardecer y toda la sangre se fue a trabajar a la barriga. Entonces sí tuve la impresión de que habíamos estado comiendo con un fantasma. Que nuestro padre ya había muerto y nosotros estábamos adentro de un sueño. Faltaba saber quién estaba soñando: mi madre, yo o mi hermana.

—¿Estás enfermo? —le pregunté.

—Tengo cáncer —contestó—. No le digan a su madre.

—¿Que estás vivo y tienes cáncer o que no estás muerto? —preguntó mi hermana.

Mi padre resopló, como si tener cáncer lo autorizara a contestar a los reproches con suspiros y a cambiar de tema.

—Quiero pedirles una cosa —dijo—, por eso los hice venir. ¿Puedo contar con ustedes?

—No —dijo mi hermana.

–Depende –dije yo.

Miró a mi hermana por última vez, antes de concentrarse en mí: yo sabía muy bien que usaba el plural sólo para que su petición de ayuda tuviera un aire de carga compartida y no me agobiara con la responsabilidad.

–Cuando me muera –dijo–, quiero que me incineren y que mis cenizas las mezclen con pintura y se las den a un artista.

Definitivamente, no era un sueño, ni mi padre estaba muerto: ese tipo de cosas, tan sin pies y tan sin cabeza, sólo pasaban en la vida de a de veras.

–¿Te volviste loco? –dijo mi hermana–, ¿no querías que tiráramos tus cenizas en un museo?, ¿eso no te pareció suficientemente extravagante?, ¿se te soltó la última tuerca?

–No está loco –intervine yo–. Sólo cambió de opinión.

Mi padre desvió la mirada hacia los restos del postre en el plato, cansado de antemano por tener que dar una explicación que era, al mismo tiempo, una confesión de su fracaso.

–Todo lo que quería hacer en la vida –empezó– era crear una obra de arte trascendental y no pude hacerlo. Me faltaba talento, me faltaba imaginación, y técnica, y hasta dinero. Dinero quiere decir tiempo para pintar, tranquilidad, no se puede ser artista si se tiene que trabajar. Pero si no pude crear una obra artística realmente buena, lo que sí puedo hacer es convertirme en una de ellas, convertirme en cenizas pegadas a un lienzo, en polvo de pintura, en textura artística.

–Voy a llamar al manicomio –dijo mi hermana.

–Hijo –dijo papá, para apartar de la conversación a mi hermana–, quiero que me incineren y que le entreguen mis cenizas a Gunther Gerzso.

Se metió la mano derecha al bolsillo del pantalón y sacó un papelito donde había garabateado el nombre del pintor.

–No hace falta –le dije–, lo conozco.

–¿Lo conoces? –preguntó mi padre, por primera vez ilusionado.

–Quiero decir que sé quién es, no lo conozco personalmente, pero quizá alguno de mis antiguos compañeros de La Esmeralda lo conozca. Y si no es él, seguro puedo pedírselo a José Luis Cuevas.

–No, no, no. José Luis Cuevas es figurativo, tiene que ser un pintor abstracto. La ruptura era necesaria para acabar de una vez con la Escuela, ¿entiendes?, pero eso era sólo un paso intermedio. La tendencia es el abstraccionismo.

–¿Te sirve Vicente Rojo?

–Sí, Vicente sí. También puede ser Felguerez. Pero primero inténtenlo con Gerzso.

–De tal palo tal astilla –nos interrumpió mi hermana–. Mi mamá tiene razón: son un par de frustrados.

En la central de autobuses, cuando nos decíamos adiós, mi padre preguntó si teníamos perro. Le dije que sí.

–Aguas –nos recomendó–, tengan mucho cuidado.

Y entonces, cuando parecía que era imposible que pasara nada más, todo se revolvió, como si un bromista hubiera cambiado las cosas de lugar y de pronto hubiera medias de nylon en el refrigerador, lámparas fundidas debajo de la almohada, las cucarachas leyeran el *Palinuro,* los muertos se cansaran de estar muertos y el pasado ya no fuera como era antes.

Notas de literatura

El suceso estaba en la primera plana de todos los periódicos, la radio no paraba de repetirlo y era el reportaje principal en los noticieros de televisión aquel día: el suelo de la explanada del Monumento a la Revolución se estaba agrietando. En internet había miles de chistes al respecto, fotomontajes en los que un dinosaurio irrumpía del subsuelo. Juliette me los mostró en su celular. Se nos había hecho tarde para profanar la tumba de Madero, pensamos en ir ahora, pero habían acordonado la zona. Dos días después, los peritos designados para encontrar una explicación dieron su veredicto y lo del dinosaurio se quedaba corto. Eran los bigotes de los revolucionarios, que no habían parado de crecer y se habían enredado en el sistema de alcantarillado. El peritaje era tan exacto que deslindaba responsabilidades: la culpa era de Villa y de Cárdenas. Madero, Calles y Carranza, absueltos.

Copié en el cuaderno las conversaciones que tuve durante aquellos días con Juliette, todas nuestras especulaciones, para darle celos a Francesca.

–Ahora sí ahí viene la Revolución –anunciaba, radiante, Juliette–. ¡Igualito que en el ochenta y cinco! Este pueblo sólo despierta cuando se abre la tierra bajo sus pies.

129

–No inventes, *Yuliet* –yo la rebatía–, lo único que va a pasar es que le van a cambiar el nombre a algunas calles, van a quitar algunas estatuas. ¡Mira nada más a quién le están echando la culpa! Si se acaba cayendo el Monumento van a decir que Pancho Villa y Lázaro Cárdenas eran terroristas.

–El pueblo no se va a dejar manipular ahora, Teo, ya verás, cuando se trata del subsuelo nos brotan los dioses de la muerte y la destrucción, los monstruos de la tierra. Piensa en el ochenta y cinco. Hizo falta que un terremoto se tragara una parte de la Ciudad de México, hizo falta que murieran miles de personas, para que el pueblo despertara. Igual que ahora. ¡Están despertando a la Coatlicue, nuestra madre del subsuelo! ¿La conoces?

–Claro que la conozco, es la madre de Huitzilopochtli.

–La madre barrendera, embarazada milagrosamente como la Virgen María, nomás que por una pelotilla de pluma en vez de por una paloma, y que forma con su hijo una dualidad: la oscuridad y la luz, la basura y la fertilidad, la muerte y la vida. ¿Sabes lo que pasó cuando encontraron la figura de la Coatlicue que está ahora en el Museo de Antropología? ¡Volvieron a enterrarla! Y no fue nada más porque se asustaron creyendo que era una imagen infernal, eso ocurrió en 1790 y la Iglesia ordenó que volvieran a esconderla porque les dio miedo la influencia que podría causar en los jóvenes. ¡Si no la entierran te aseguro que la Coatlicue adelanta veinte años el inicio de la Independencia!

–¡Qué Coatlicue ni qué ocho cuartos! Los jóvenes ya no saben nada de mitología prehispánica.

–No importa, no hace falta saberlo, lo traemos adentro. Además, ¿quién dijo que los jóvenes son los que tienen que hacer la Revolución? ¿Y si somos nosotros los que tenemos que hacer la Revolución? Nosotros no tenemos nada que perder, ya casi ni tenemos futuro.

–Pero tenemos mucho pasado. No te engañes, *Yuliet*, los únicos que no tienen nada que perder son los muertos.

–O los muertos en vida.

En el ascensor, no recuerdo si de subida o de bajada, Francesca, furiosa, me acusaba:

–¡Eso es un plagio! Creo que está en una novela de García Márquez, sólo que es una cabellera de mujer la que no para de crecer en lugar de los bigotes.

–¡No me diga! ¿Y se considera plagio que la realidad se ponga a imitar a una novela? Corra y avísele a los peritos que escribieron el dictamen, ¡si los demanda un premio Nobel les va a salir carísimo!

El Cabeza de Papaya asomó su cabeza de papaya en la cantina de la esquina, donde yo estaba tomando la sexta del día. Apenas iban a ser las dos de la tarde, pero como era domingo yo estaba trabajando, de manera seria y decidida, para ganarme el pan nuestro de cada semana: la botana gratuita. Caminó hasta la mesa en la que yo estaba sentado, solo, y casi pude ver que escupía esas semillas negras y gelatinosas de las papayas, aunque era sólo saliva:

–Me dijeron que aquí podía encontrarlo.

–Te dijeron bien, aquí me encuentras de nueve a dos y de cuatro a ocho de lunes a viernes, y además los fines de semana hago guardia. ¿Tú también trabajas en domingo?

–No vengo por asuntos de trabajo, ¿me puedo sentar?

–¿Puedo decir que no?, ¿qué te tomas? ¿Un tequila, un mezcal?, ¿o prefieres algo más fuerte?

–¿Más fuerte?

–Sosa cáustica, cloro, aguarrás...

–Una cerveza.

Pedí en un grito que nos trajeran una caguama de Corona y me concentré en entender el motivo por el que el

Cabeza de Papaya andaba usando esa exuberante combinación de colores, camiseta amarillo fosforescente y bermudas anaranjadas, un atuendo tropical, opuesto al gris traje que vestía cuando me había visitado como representante de la policía canina. ¿Acaso era consciente de que su cabeza parecía una papaya?

–Se te perdió la playa –le dije–. Bonita camiseta, ideal para pasar desapercibido a un francotirador.

–Fue un regalo.

Creí entender: su esposa era la que, consciente o inconscientemente, le elegía la ropa acorde con la naturaleza de su cholla.

–¿Te la dio tu mujer? –pregunté.

–Algo así –respondió.

–¿*Algo así* es una novia, una amante?

–*Algo así* es algo así.

Trajeron la caguama, serví dos vasos y el Cabeza de Papaya sorbió ruidosamente en el acto, sin brindar, apresurado por entrar en materia de inmediato. Sin las formas protocolarias del trabajo, que enmascaraban su torpeza social, lo que le quedaba era un atropellamiento gentil, a cuarenta kilómetros por hora, nada mortal, pero sí molesto.

–Quería pedirle ayuda –dijo.

–¿¡A poco!? Pero primero vamos a brindar.

Levanté mi vaso de cerveza hacia el centro de la mesa.

–¡Por los perros! –exclamé.

–Oiga, la denuncia fue archivada –respingó de inmediato.

–Ya lo sé, pero eso fue cosa de Dorotea.

–Y fue algo absolutamente ilegal, que viola todos los procedimientos de la Sociedad Protectora de Animales y que yo podría revertir en cualquier momento, si quisiera.

—¿Me estás amenazando?

—No, le estoy pidiendo ayuda.

Temí que el Cabeza de Papaya hubiera descubierto que Dorotea estaba infiltrada en la Sociedad Protectora de Animales y que ahora fuera a pedirme, aprovechándose de mi amistad con Juliette, que me infiltrara en el grupo que había organizado la infiltración. Ese temor, que surgió velozmente como una punzada paranoica en el hígado, igual de rápido fue sustituido por el horror, cuando el Cabeza de Papaya anunció:

—Quiero escribir una novela.

—¡No me digas!

Lo miré directo a los ojos, las pupilas color café y apagadas como manchas en una papaya que empieza a pasarse, para comprobar, infelizmente, que no había en ellos el brillo de la mentira o de la broma.

—Es más grave de lo que pensaba —dije—, vamos a necesitar algo más fuerte.

Levanté el brazo derecho para llamar la atención del cantinero, como se hace en la escuela cuando se pide permiso para ir al baño, a veinte grados de inclinación de distancia de un saludo fascista, y le ordené en un grito:

—¡Dos tequilas! ¡Urgente!

Traté de dejar de ver la papaya en la cabeza de papaya del Cabeza de Papaya y me puse a analizar la tersura de la cáscara de su rostro, el cansancio en la mirada, la naturaleza del gesto que formaba con los pliegues extremos de los labios, más próxima de la melancolía que del sarcasmo, y lejísimos del cinismo, para calcularle la edad. Andaba alrededor de los cuarenta. Quizá tenía treinta y nueve y esa historia de escribir una novela no era más que una manifestación, bastante folclórica, de la crisis de la edad madura, especialmente grave en el caso de las papayas.

—¿Qué edad tienes? —pregunté.

—Treinta y nueve.

¡Lo sabía! Recordé que, a mediados de los setenta, a mí me había pegado durísimo: había rentado un departamento al que nunca me mudé, le había propuesto matrimonio a una puta de la calle Madero, había creído tener cáncer, había comprado un montón de lienzos que luego se quedaron arrumbados en lo alto de un clóset de la casa de mi madre, de la que no me mudé, porque el arrebato no me alcanzó para comprar las pinturas y los pinceles, y mucho menos para ponerme a pintar o para dejar de creer que yo era el sustituto de mi padre. O para creerlo de verdad y hacer lo mismo que él había hecho tantos años antes: abandonar a la familia. La revuelta interior, al menos, había sido el caldo de cultivo necesario para que se me inspirara la receta del «perro gringo», el taco que me daría la fama en los ochenta. Pero una cosa era inventar un taco y otra escribir una novela, así que me apresuré a desmotivar al Cabeza de Papaya. Más valía aniquilar una novela antes de que se transformara en el delirio de un autor guajiro, que condenarnos a la tortura que supondría, para él, intentar escribirla, y para mí, tener que leerla.

—Escúchame bien —le dije, usando mi mejor tono pedagógico, un revoltijo de lástima, condescendencia, cansancio y la superioridad inútil que nos empeñamos en creer tener los más viejos sobre los jóvenes—, ya te dije que no estoy escribiendo una novela, no le hagas caso a la gente del edificio, son gente desocupada, se les va la vida en el chisme y además leen muchas novelas. Tú no lo entiendes ahora porque eres joven todavía, pero a esta edad se inventan cosas no por necesidad ni por estrategia, se inventan de a gratis, por pura diversión, se inventan para enredar las cosas y que luego haya que desenredarlas. Desenredar los enredos es muy entretenido, así se pasa la vida.

—Sé que está escribiendo una novela —replicó, como si las papayas no tuvieran orejas—, se olvida que descubrí la evidencia en su departamento.

Arqueé las cejas a mitad del camino trilladísimo que lleva de la incomprensión al malentendido. Como no se dio por enterado, tuve que traducirlo a una pregunta:

—¿De qué hablas?

—¡De los cuadernos!, ¿de qué más?

Suspiré, o resoplé, o bufé, o un poco todo eso junto, antes de contradecirlo.

—Eso no es una novela, son dibujos, apuntes, cosas que se me ocurren, los hago por puro aburrimiento. Tú estás joven, no necesitas ponerte a escribir, la vida está ahí afuera, el mundo es tuyo.

—Si no fuera una novela, me habría dejado ver el cuaderno —concluyó.

Se empinó el tequila que le restaba en el caballito, ignorando mi discurso de terapia y dando por descontado lo que ya había concluido de antemano: que yo estaba mintiendo.

—Déjeme explicarle la historia que se me ocurrió —dijo—, es una novela policiaca. Se trata de un asesino en serie de perros, es un exterminador, la verdad, que tiene un negocio para abastecer a todos los puestos de tacos del DF. Está inspirada en un caso real que me tocó llevar en el trabajo, el de una carnicería que surtía carne de perro a las taquerías.

—¡No me digas!

—Llevaban años con el negocio y nosotros logramos destaparlo, metimos a la cárcel al dueño y endurecimos las inspecciones de salubridad a las carnicerías.

136

—Ahora entiendo.

—¿Qué?

—Por qué están tan malos los tacos últimamente.

Levantó el vaso de cerveza y sorbió fuerte, haciendo ruido, queriendo demostrar que comenzaba a terminar de exasperarse.

—¿Por qué insiste en hacerse el gracioso? —dijo—, parece un chiquillo.

—Nomás para convencerte de que no puedo ayudarte a escribir tu novela.

—Usted es la persona perfecta, no sólo porque sabe cómo se escribe una novela, sino porque además fue taquero.

—¿Y eso qué tiene que ver?

—Que la novela la voy a escribir desde el punto de vista de un taquero.

—Yo no fui taquero.

—¡Se lo dijo al carnicero! ¡Está todo en la denuncia! ¿O ya se le olvidó que quiso venderle un perro al carnicero de aquí a la vuelta? ¿Por qué cree que me asignaron a mí su denuncia? Soy el experto en tráfico de carne de perro.

Éste era el tipo de cosas que me hacía sentir que había nacido en el siglo pasado, un siglo veinte que cada vez más iba tomando el aspecto de un siglo diecinueve, ésta era la perplejidad que me hacía levantar la mano a intervalos más cortos en las cantinas, que provocaba que el whisky se me agotara antes de lo previsto, el desconcierto que menguaba mis ahorros e iba acortando, día a día, mi vida.

—¿Qué le cuesta ayudarme a escribir la novela? —insistió el Cabeza de Papaya en tono conciliador, percatado de mi turbación—. Si me ayuda le prometo que la denuncia no va a causarle ningún problema. Si se niega borraré del sistema el certificado médico que consiguió Dorotea, en el que dice que usted es alcohólico y sufre de senilidad, y si lo hago la denuncia estará en marcha de nuevo. Por cierto, ¿tiene idea de cuál sería la sanción que le podría caer?

–¿La silla eléctrica?

–Es una multa económica bastante alta.

Entonces pronunció una cifra astronómica, una cantidad de dinero con la que yo viviría tres años, si me contuviera, o dos, si siguiera al ritmo actual. ¡Tres o dos años menos de vida!

–Eso es lo mínimo –agregó–, y le aseguro que de ésa no se escaparía, ¿se dio cuenta de quién es el denunciante?, esa gente es muy influyente.

–¿Tan influyente como para que se den cuenta de que la denuncia está archivada y consigan ponerla en marcha de nuevo?

–La clave está en darles largas hasta que se aburran, y esta gente se aburre rápido. Pero si la denuncia está viva y avanza, no lo dude: se lo van a ajusticiar sin piedad.

Bebí el tequila de un trago para tratar de olvidar la posibilidad de que el veinticinco por ciento de mis ahorros fueran a parar a los bolsillos de la familia del hombre más rico del mundo. Y peor: para resarciles su tristeza.

–¿Por dónde empezamos? –dijo el Cabeza de Papaya.

Hice un último esfuerzo, desesperado:

–¿No te da vergüenza extorsionar a un viejo?

–¿Quiere que me compadezca de usted? Usted no quiere que nadie lo compadezca.

–No me des palmaditas en la espalda. ¿Y por lo menos sabes escribir? ¿Qué estudiaste?

–Veterinaria.

–¿Y quieres escribir una novela?

–Ya le dije que no sé cómo se escribe una novela, pero sí tengo lo más importante.

Arqueé las cejas en un signo de interrogación obvio, sin ángulo para la mala interpretación.

—Experiencia —dijo.

—Hay talleres literarios —le sugerí.

—En horarios imposibles para mí. Yo sólo puedo los domingos, a esta hora.

—¿Y los domingos no tienes que encargarte de la esposa y de los hijos?

—Ya le dije que no tengo familia.

—No me dijiste nada, nomás me hablaste del misterioso *algo así*. ¿No serás maricón? No tendría nada de malo, incluso podría ser un punto a tu favor, hay un titipuchal de escritores maricones.

—Eso es un prejuicio.

—Te equivocas, *escritor*, eso es estadística.

Se quedó callado, diciendo: el que calla otorga. Luego volvió al único tema que le interesaba:

—¿Empezamos el próximo domingo?

—Qué remedio.

—¿Hace falta que traiga algo?

—Es un taller literario, no una clase de manualidades.

—Pero algo habrá que traer, ¿no?, no sé, material para trabajar.

—Trae una madeja de estambre.

—¿Cómo?

—Que traigas el avance de tu novela.

Antes de que se fuera, tres caguamas y dos tequilas después, con la lengua y la actitud más sueltas, la impertinencia desatada, y contento porque el Cabeza de Papaya iba pagando las rondas, le pregunté:

—Oye, no te lo tomes a mal, ¿pero no te han dicho que tu cabeza parece una papaya?

—Se está confundiendo de persona —me contestó divertido, con la camaradería falsa y traicionera que sólo produce el tequila–. Ése es mi hermano.

–¿Tu hermano?

–Sí, mi hermano mayor, todo el mundo le dice el Papayón.

Mi hermana había anunciado que tenía un nuevo trabajo: ahora sería secretaria en una fábrica de alimento para mascotas. No eran ironías de la vida, su jefe había cambiado de empresa y se la llevaba, como premio a su supuesta eficiencia. Mi madre estaba a punto de decir: a otro perro con ese hueso. Antes de que lo dijera, mi hermana le anunció que le darían descuento en la compra de las croquetas. Mamá quiso saber cuánto. Mi hermana respondió que cincuenta por ciento. Mi madre dijo que seguía siendo carísimo, si se consideraba que Mercado comía las sobras de la comida, que no costaban nada, bajo la filosofía de que donde comían tres comían cuatro y, con mayor razón, donde comían tres comían tres y un perro. Las croquetas en aquella época, finales de los cincuenta, eran una novedad que causaba admiración, de tan moderna: si un puñado de galletas podía cumplir todas las necesidades del animal era como si los perros, de pronto, fueran más avanzados que los humanos, que seguían teniendo que recurrir a diversos tipos de complicadas recetas. Mi hermana dijo que a Mercado le apestaba el hocico (era verdad) y que eso se iba a acabar con las croquetas. Mi madre no dijo nada, porque la verdad era que el aliento pestilente del chucho le había impedido hasta entonces encariñarse con él. En realidad sí dijo algo, dijo:

—Pues ya veremos.

Lo que quería decir que aceptaba el nuevo trabajo de mi hermana, y que haría caso omiso de sus sospechas, para comprobar el efecto de las croquetas en el perro.

Mi hermana comenzó a traer los sacos de alimento, uno cada dos semanas. Dicho y hecho: a Mercado no sólo dejó de apestarle el hocico, sino que el pelo se le puso sedoso y brillante. Todos los vecinos querían acariciar al perro, que se volvió el ejemplar más bonito de toda la vecindad. Mi madre, eufórica.

Hasta que un día Mercado se atragantó a la hora de la cena. No se murió de milagro. De milagro y porque mamá le metió los dedos hasta la tráquea, de donde rescató una hoja de papel, dobladita. Un recado obsceno que había sido depositado para mi hermana dentro de la bolsa de las croquetas. Decía, aún lo recuerdo, entre declaraciones de amor secreto: *tus piernas son más largas que la carretera a Cuernavaca*. Y: *tus curvas de la carretera a Puerto Vallarta*. La empresa en la que había trabajado antes mi hermana, y su jefe, daba servicio a la Secretaría de Comunicaciones y Transportes. Podía haber sido peor: si el trabajo le condicionaba la imaginación y hubiera usado metáforas de su actual empleo. Todo eso estaba escrito con tinta roja en una hoja membretada de la dirección de la empresa. Los perros eran agentes secretos de mi madre.

Mamá se encerró en su cuarto con Mercado, que no paraba de chillar, como si presintiera la vuelta al arroz, a las tortillas duras, a los frijoles y los huesitos de costilla.

Más tarde salió, como si nada, y nadie volvió a hablar del asunto. No hubo castigos, ni exigencias, ni prohibiciones, hubo silencio y una novedad que traía la vida adulta: la simulación. Ya había demasiado sufrimiento en la familia como para encima arruinarle el pelo al perro.

Había estado hojeando el libro de Hillman, leyendo fragmentos por aquí y por allá, como una gallina que picotea al azar en el suelo, y había acabado encontrando, sin buscar, un gusano largo-largo, gordo-gordo, suculento. Copié la frase en el cuaderno con toda la mala intención del mundo: *Si las verdades son las ficciones de lo racional, las ficciones son las verdades de lo imaginal.* La refriega hermenéutica le duró una semana a la tertulia. Cuando estaban a punto de llegar a un acuerdo sobre lo que todos creían que habían entendido, pasé por el zaguán, como de casualidad, y les solté una bomba:

–Están confundiendo lo imaginal con lo imaginario. Son dos cosas distintas. Lo imaginario es meramente reproductivo, mientras que lo imaginal tiene una función productiva, como órgano de conocimiento.

Me lo había aprendido de memoria, estaba en la página 59. Se quedaron tan perplejos que volvieron al *Palinuro* y aparcaron la discusión un par de días, en lo que sus estómagos digerían el mazacote. Luego volvieron a la carga. Francesca fue la primera en llegar a una conclusión, que me echó en cara en el ascensor, mientras bajábamos una mañana:

144

—Estoy por pensar que padece usted delirium trémens.

—¡No me diga!

—Las ficciones productivas sólo suceden en la alucinación. Quizá si no tomara tanto...

—Qué poquito ha vivido, *Franchesca*, ése es su problema. Quizá si no leyera tanto...

Acabé regalándole el libro de Hillman a Juliette, a la que creí que le acomodarían sus teorías revolucionarias sobre el subsuelo. Cuando se lo di, cervezas yendo y cervezas viniendo, para contrarrestar su extrañeza ante el presente, le leí una frase que me había hecho pensar en ella: *el inframundo es el estilo mitológico de describir un cosmos psicológico.*

—Pues muchas gracias, Teo —me dijo—, pero para la próxima por lo menos regálame uno que esté escrito en español.

—Es lo mismo que decías tú el otro día —le repliqué.

—Ah, jijos, ¿pues cuántas me había tomado?

—Esto explica lo del terremoto del ochenta y cinco, lo de la grieta del Monumento a la Revolución.

—Pues lo explica tan mal que vas a tener que explicármelo.

—Lo que dice es que hay una conexión entre la mitología y la psicología de las masas. Que cuando la tierra se abre a la gente se le despiertan los dioses mitológicos y se alebresta. ¡Fue exactamente lo mismo que dijiste el otro día!

—¿Me estás acusando de ser intelectual?

—Te estoy acusando de ser inteligente.

En contrapartida, ablandada por el gesto, más que por el regalo o por el cumplido, Juliette anunció que me enseñaría sus tesoros. Me invitó a que la acompañara a su cuarto, atrás de la trastienda. Le dije que antes me daría una vuelta por la farmacia y que tendríamos que esperar un rato para que la magia surtiera su efecto.

–De veras que eres un payaso, Teo –me dijo.

Atrás de la trastienda había un patiecito y luego al fondo el cuarto, sin ventanas ni ventilación, como una cueva. Adentro, la cama y todos los cachivaches que cupieran en la imaginación y en nueve metros cuadrados. Juliette encendió una lámpara de luz blanca que encandiló a las cucarachas, que corrieron a esconderse detrás o debajo de los tiliches. De adentro de un baúl sacó dos cajitas de cristal ingrávidas. En la primera que me tendió había una lámina transparente, medio anaranjada, pegada a lo que supuse sería la parte de abajo. Me quedé observándola por los cuatro costados. Por los seis: también por arriba y por abajo. No se me ocurría qué era lo que podría ser, si es que todavía era algo. O qué podría haber sido, si es que había dejado de serlo. Incluso qué podría llegar a ser, en caso de que estuviera creciendo, en evolución, mutando. Y menos aún se me ocurría por qué estaba adentro de una cajita de cristal y Juliette la consideraba un tesoro. Le dije que saldría al patiecito para examinarla a la luz del día.

–No te agüites –me dijo–, ya sé que no sabes qué es. No es una adivinanza. Es un jitomate, un jitomate de 1988. Este jitomate lo tocó el ingeniero Cárdenas el 16 de julio de 1988. ¿Te acuerdas de ese día? El terremoto del ochenta y cinco iba a tener una réplica mortífera: un terremoto social. Ese día empezaba la Revolución. Iba a empezar, pero el ingeniero lo impidió. La gente estaba prendida para tomar Palacio Nacional y el ingeniero nos calmó. Nos dijo que no y que no y que no. ¿Será que el ingeniero fue prudente, como cuenta la historia, o será que había pactado con el gobierno? ¿Tú qué crees?

Me extendió la otra cajita en la que era más fácil adivinar que aquello había sido un jitomate, no sólo por comparación con el anterior, sino porque todavía no había quedado reducido a una lámina: había sido un jitomate en fecha más reciente.

–Éste es del 2006 –dijo–. ¿Sabes cuánta gente había en el Zócalo ese día? Dicen que más de un millón. ¿Te imaginas lo que hubiera pasado si López Obrador llega a decir las palabras correctas? Le faltó completar aquello de «al diablo con las instituciones». Las muchedumbres no pueden ponerse a interpretar, las muchedumbres, como los ejércitos, necesitan órdenes. Otra ocasión perdida.

Le devolví las cajitas de cristal, Juliette las regresó al baúl, donde continuarían su proceso rumbo a la volatilización. Por un segundo pensé que ahora iba a mostrarme su verdadero tesoro: un arsenal.

–¿Sabes por qué guardo estos jitomates? –me preguntó.

–Para recordar –le respondí.

–Para no olvidar –me corrigió.

Descubrí que, colgada en la pared, había una foto en un marquito de madera, viejo pero lustrado. Era un recorte del periódico que retrataba el rostro de cuatro muchachos: uno que estaba hablando con un micrófono delgadito en la mano derecha, los dos que lo flanqueaban con la mirada perdida, y, al fondo, un tipo moreno de bigote, agarrándose el mentón y observando de manera minuciosa al que hablaba. A juzgar por los peinados, por el armazón de los lentes del que sostenía el micrófono, por el cuello de las camisas y las solapas de una chamarra, calculé que sería una foto de los años sesenta.

–Ahora has de estar pensando que estoy bien orate –dijo Juliette.

Le dije que en realidad estaba pensando que era una sentimental. Me acerqué a la pared para leer el pie de la foto: «Conferencia de prensa convocada anoche en la Facultad de Filosofía y Letras de la UNAM, por el Consejo Nacional de Huelga».

—El de bigote es mi hermano —dijo Juliette—. ¿Sabes dónde está ahora?

Adiviné que diría que en la clandestinidad. O quise adivinar, pero, por supuesto, no lo dije en voz alta. En lugar de eso, arqueé las cejas formando una interrogación.

—Ojalá lo supiera —explicó—. Hace treinta y cinco años que está desaparecido.

Volví a mirar la foto con detenimiento. El hermano de Juliette era el único que parecía convencido de querer estar ahí, los otros tres ya estaban huyendo, al menos en espíritu.

—¿Tú tienes hermanos? —me preguntó.

—Tenía una hermana, ya murió.

—¿Era mayor que tú?

—Un año mayor.

—¿Cómo murió?

—En el terremoto del ochenta y cinco. También mi madre.

—¿En serio?, ¿por qué no me habías dicho nada?

—No me gusta acordarme de eso. Tú tampoco me habías hablado de tu hermano.

—¿Dónde las agarró el temblor?

—En Cardiología.

—No estás inventando, ¿verdad? —me preguntó.

—Cómo crees.

—No sé, estamos tan cerca de la cama.

—La lástima es una pésima estrategia de seducción.

—No te creas, funciona.

—¿En serio?

—Pero no conmigo. ¿Nos tomamos un mezcal?

—Mejor dos.

Abandonamos la habitación rumbo a la trastienda mientras pensaba que ésa era la verdadera clandestinidad: la de los muertos insepultos, la de los muertos en vida, la de los que están vivos sólo por un engaño, por una falla, de la memoria.

Cierta tarde de un día que podría ser cualquiera de esos días que se seguían uno a otro sin compasión, menos miércoles o sábado pues Willem no había venido antes ni habría de venir después, un estruendo de láminas a la distancia anunció que dos coches habían chocado en la esquina. Me asomé al balcón y, mezclada entre la muchedumbre chismosa, vi a la tertulia en pleno andando apresurada rumbo al lugar del accidente. Me empiné lo que quedaba de cerveza en el vaso y, cargando la *Teoría estética* para crear más confusión, bajé con la idea de unirme al argüende.

En el zaguán, los ejemplares del *Palinuro* yacían boca arriba, abandonados sobre las sillas, abiertos de piernas en las páginas 852-853. Abrí de piernas la *Teoría estética* y la coloqué encima de uno de los Palinuros, boca abajo. Por cosas como ésta algunas veces me daba por pensar en que quizá sería bueno que dejara de tomar, o al menos que disminuyera la dosis. Me acerqué al trono de Francesca, la silla que presidía la rueda, colocada en un ángulo desde el que podía custodiar al mismo tiempo el elevador y el portal. Levanté el ladrillo al alcance de mi maltrecha vista, encedí la lamparita, enfoqué a través de la lupa y leí: *Les contó cómo, durante muchos años, el mayor placer que podía sentir, y lo único que lograba la erección, era imaginarse tocando y besando los pechos de una mujer, pero que muy pocas veces se atrevió a hacerlo con sus novias, y cuando se atrevía, o ellas no lo dejaban, o la cosa no pasaba de allí y de mojarse los pantalones.* Los tertulianos eran unos hipócritas calenturientos. Miré en derredor y localicé una pluma de tinta roja, con la que subrayé el pasaje. En el margen izquierdo de la página, y en el superior, porque el mensaje no había cabido, escribí: *¡Yo sí me atrevo!, ¿usted va a seguir haciéndose la apretada?*

Hecho esto, cambié de planes. Subí a mi departamento, me serví un vaso de cerveza y me instalé en la silla de Modelo en el balcón, para vigilar el momento en que los tertulianos volvieran. Tardaron unos veinte minutos más, que fue lo que demoró la ambulancia en llegar y llevarse a unos de los conductores, que se había roto una pierna (eso sólo lo supe después, me lo contó Juliette). Cuando pasaban justo debajo de mi balcón, les grité:

—¿Salieron a estirar las almorranas?

Una vez que desaparecieron de mi vista, adentrados en el zaguán, fui contando los segundos y no alcancé a llegar ni a treinta. Francesca apareció de nuevo en la banqueta y, con el rostro colorado e iracundo levantado hacia el balcón, me gritó:

—¡Pelado!

—¡Se le olvidó el mariachi!

—¡Pervertido!

—¿¡Yo!? ¡Yo no soy el que anda leyendo libros pornográficos!

—¡Esto es literatura!

—¡Habérmelo dicho antes!

—¡Baje a leer si es tan machito!

—¡Mejor suba! ¡Olvídese de la literatura y nos dedicamos a la experiencia!

Sacó la lengua entre los labios, sopló una trompetilla y se metió de vuelta al edificio. Yo me fui rumbo al refrigerador para servirme una cerveza, ufano y contentísimo, silbando el *Himno a la alegría*, cuando advertí el cataclismo: había dejado olvidada en el zaguán la *Teoría estética*. Bajé como un cohete histérico, atrapado en la lentitud exasperante del elevador, e irrumpí en el zaguán gritando:

—¡Arriba las manos! ¡Que nadie se mueva!

La obediencia y pasividad de Francesca, que, contra su temperamento, mantuvo la boca cerrada, no presagiaba nada bueno. Ya era casi de noche y en la oscuridad la tertulia, con sus lamparitas, parecía un grupo de mineros explorando una caverna. Localicé la silla donde recordaba, o creía recordar, haber dejado abierta de piernas la *Teoría estética:* era el lugar de Hipólita. Me acerqué a su lado mientras ella se quitaba los lentes tímidamente, la escayola en la mano derecha acentuaba su habitual torpeza, y los depositaba en su regazo con suavidad exagerada, como si se tratara de un pajarito al que no quisiera hacerle crujir los huesos.

—Buenas tardes, Hipólita —dije.

—Noches —respondió—, nuevas noches.

El efecto del analgésico estaba mutando hacia trastornos lingüísticos de mayor creatividad.

—¿Podría hacerme el favor de devolverme el libro que dejé olvidado encima de su *Palinuro?*

Dirigió la mirada hacia Francesca, pidiendo ayuda, y con la mano izquierda estrujó, nerviosamente, los lentes: casi mataba al pajarito. Francesca se mantuvo impávida, pero le ordenó a Hipólita que resistiera con un movimiento imperceptible de las cejas, imperceptible, quiero decir, para los que no son expertos en semiótica ciliar.

—No sé de qué está balando —respondió.

La dictadora ejercía un control admirable sobre la tertulia, capaz incluso de imponer su voluntad sobre la de un fármaco poderosísimo. Observé en derredor, al resto de borregos de la tertulia, que fingían que el asunto no era con ellos, y tenían razón: el asunto nunca era con ellos. Paseé por ociosidad mi vista debajo de las sillas, encima de los buzones de la correspondencia, en los rincones del zaguán, sabiendo, de antemano, que no encontraría nada.

—Con que ésas tenemos, ¿eh? —exclamé—. Si quieren guerra más les vale estar preparados.

Francesca, que se había estado conteniendo para llevar adelante su plan satánico, respondió:

—Ya le dijo Hipólita que no sabemos de qué está hablando. Si perdió su libro no es nuestro problema. Quizá si no tomara tanto...

—¿Si no tomara tanto ustedes no serían unas rateras?

—Si no tomara tanto no habría perdido su libro. Búsquelo, pero búsquelo bien. El que no busca no encuentra.

Como no sabía qué era el amor, lo confundía con un elevador que subía y bajaba en medio de mis piernas, conducido, con un control remoto, por la voz de Marilín en nuestras charlas. El largo trayecto de vuelta a casa en el tranvía, desde Coyoacán, me condenaba a una de dos desgracias, a cual más humillante: al dolor testicular o a mojar los pantalones.

—¿Qué hiciste? —yo le preguntaba.

—Posar —me respondía.

—¿Desnuda?

—¿Tú qué crees? Todos los hombres son iguales.

—¿Nada más?, ¿no hiciste nada más?

—¿Qué más voy a hacer?, ¿qué te estás imaginando?

—¿Y qué está haciendo, una pintura?

—Bocetos, dice que son estudios para un mural.

Lo que sucedía adentro de la casa, en el estudio, me estaba vedado, a pesar de que la madre de Marilín había condicionado su permiso a que yo la acompañara en todo momento. Cuando llegábamos, se abría la puerta de la casa y, sin variación, la mano genial de Diego Rivera, la misma mano con la que comandaba la historia del arte en

México, me entregaba un peso y me ordenaba que volviera en dos horas. Yo me iba a dar la vuelta, pero volvía de inmediato y me apostaba en la acera de enfrente, a tratar de atisbar alguna cosa a través de una ventana entreabierta, a mirar el entrar y salir de gente por la casa, un río de personalidades que hacía imaginar toda clase de conspiraciones. En más de una ocasión, mi presencia sospechosa había atraído a la policía, que suponía que yo estaba planeando alguna tropelía. Hasta que finalmente, dos horas y media más tarde, tres horas, nunca las dos horas prometidas, se abría la puerta y Marilín atravesaba el umbral que la devolvía a la calle, al tranvía y a mis preguntas:

—¿Qué hiciste?

—Ya lo sabes. Posar.

—¿Desnuda?

—¿Tú qué crees? ¿Te pones caliente, Teo?

—Yo preferiría que no vinieras.

—¡No me digas! Eres un machito, si Frida te oyera capaz que te capaba.

—¿Frida? ¿Quién es Frida?

—¿Cómo que quién es Frida? Es la esposa de Diego.

Hacíamos el recorrido de vuelta y cuando por fin llegábamos a la entrada de la vecindad, le preguntaba:

—¿Me vas a dejar dibujarte?

—Mañana.

Empecé a llevar conmigo el cuaderno en el que dibujaba, con la ilusión de mostrárselo a Diego algún día para pedirle consejos, y también para entretenerme dibujando mientras esperaba. Cuando se abría la puerta, yo estiraba el cuaderno hacia Diego y la puerta se cerraba en mis narices, en mi ridícula nariz de papa, quiero decir. Días yendo y días viniendo, uno de los visitantes habituales de la casa, uno que usaba gafas tristes, se acercó una tarde hasta donde yo estaba.

155

–No es la primera vez que lo veo merodeando –me dijo–. ¿Se puede saber qué hace?

–Dibujar –le contesté.

–¿Parado en la esquina?

–Estoy esperando a una amiga que está ahí adentro.

–¿Marilín es amiga suya?

–Sí.

–¿Amiga o novia?

–Amiga. ¿Usted también es pintor?

El rostro se le contrajo en un gesto que no quería decir ni que sí ni que no, sino que la pregunta era impertinente.

–Soy el arquitecto de la casa –respondió.

–Pero también es pintor, ¿verdad? –insistí.

Dijo que sí con un movimiento afirmativo de sus gafas tristes.

–¿Podría por favor ver mis dibujos y darme algún consejo? –le rogué.

Le entregué el cuaderno, donde había un bosquejo de la casa y un montón de bocetos del rostro de perfil de Marilín, que yo dibujaba en el tranvía, mientras ella posaba, involuntariamente, y me susurraba al oído:

–¿Te pones caliente de dibujarme, Teo?

Y yo me mojaba. Quizá el hombre de las gafas tristes sería capaz de percibir lo que había detrás de esos retratos, mi triste persecución sin final ni esperanza. Luego de hojear con atención el cuaderno, levantó la tristeza de sus gafas, lo cerró y me lo dio de vuelta.

–¿Cuántos años tiene? –me preguntó.

Le dije que iba a cumplir dieciocho, aunque en realidad acababa de cumplir diecisiete.

–¿Alguna vez ha tomado clases de dibujo?

Le contesté que no.

156

—Le gusta la muchacha, ¿eh? —me dijo.

—¿Se nota en los dibujos? —le pregunté.

—Sí, en la cantidad de veces que la ha dibujado.

—¿Qué le parecen?

—Me parece que le falta técnica, pero eso se puede aprender. Vaya a La Esmeralda.

—¿Qué es eso?

—Una escuela de artes.

Me arrebató el cuaderno de las manos, eligió al azar una página en blanco y, recargándolo contra la pared, se puso a escribir con una pluma que llevaba en el bolsillo de la chamarra, una chamarra demasiado abrigada para el clima cálido que hacía.

—¿Dónde está la escuela? —pregunté.

—En el Callejón de la Esmeralda.

Me regresó el cuaderno y se despidió, diciendo:

—No se quede por aquí, la policía va a pensar que es un ladrón, y algunos de los amigos de Diego y de Frida se van a poner nerviosos. Váyase a dar una vuelta, si no con esa nariz capaz que también acaba de modelo, pero de un bodegón.

Lo vi irse caminando con andar melancólico y, cuando estuvo lo suficientemente lejos para que no pudiera espiar mi reacción a su nota, leí lo que había escrito en mi cuaderno: *A la administración de la Escuela Nacional de Pintura, Escultura y Grabado La Esmeralda: Por medio de la presente, solicito que inscriban al muchacho portador de esta carta en las clases de figura humana. A ver si aprende a agarrar el lapiz o de perdida ve una muchacha desnuda. Atentamente: Juan O'Gorman.*

Me había quedado en el departamento, atisbando por el balcón, hasta que por fin había visto a la procesión de tertulianos, encabezados por Francesca, salir del edificio rumbo al Jardín de Epicuro. Entonces puse en marcha la operación para recuperar la *Teoría estética*. Atravesé los cuatro metros del rellano que separaban mi puerta de la de Francesca e introduje en el resquicio mi credencial del Instituto Nacional de la Senectud, que desde el año pasado se llamaba Instituto Nacional de las Personas Adultas Mayores, pero yo no había cambiado la tarjeta. Me tomó dos segundos escuchar el click que anunciaba la apertura de la puerta: era algo que yo había tenido que hacer más de una vez, porque olvidaba las llaves adentro. En esas ocasiones, al descubrirme manipulando la puerta, Francesca me acusaba:

–Quizá si no tomara tanto...

–¿Si no tomara tanto las cerraduras de las puertas serían inviolables?

Empujé la puerta y en ese instante estalló el estruendo de la alarma, que, además de provocarme una arritmia que me duraría un par de horas, me iba a obligar a ponerme unas gotas de analgésico en el oído. Cerré la puerta y volví a mi departamento a toda prisa. La alarma se detuvo dos minutos después, sola. Lo único que alcancé a ver, a través de la puerta entreabierta, fue un póster de Octavio Paz que colgaba en la pared de la sala.

Estaba debatiendo con Willem sobre la apariencia que tendrían los muertos cuando revivieran, el día del juicio final: ¿será que iban a surgir del subsuelo, cubiertos de tierra, medio podridos, o iban a materializarse inmaculados, translúcidos, incorpóreos, como una presencia espiritual?

–¿Te imaginas, *Güilen?* –le decía–, toda la gente que se ha muerto en la historia de la humanidad, ¿cuántos te gusta que sean?, miles de millones, ¿no?, imagínatelos a todos de repente encima de la tierra, unos puro esqueleto, otros con pedazos de carne putrefacta, llenos de gusanos y, además, por si fuera poco, toda la nube de cenizas de los que fueron incinerados, ¡la Biblia es un libro muy truculento!

–No es así –me replicaba Willem–, no se debe leer la Biblia al pie de la letra.

–¡El burro hablando de orejas! Claro que va a ser así, así sale en las películas y cuando se trata de muertos en vida el cine siempre usó la Biblia como guión.

–El cine muchas veces es pecado.

–¡No me digas!

En ésas andábamos cuando el timbre del interfono interrumpió nuestras disquisiciones. Levanté el teléfono y escuché la voz de Mao:

–Vengo de la Efe Te Ce.

–¿La Federación de Tarados Consumistas?

–La Fumigadora Trotskista de Cucarachas.

–Empieza por el zaguán, está infestado de bichos literarios.

–Cámara.

–Sube.

Willem guardó la Biblia en la mochila, donde hasta entonces había estado consultando pasajes del Apocalipsis, y me preguntó:

–¿*Quierrre* que me vaya?

–No, quédate –le contesté–, es un amigo, te va a caer bien.

Nos pusimos en posición de esperar a que Mao apareciera, pero como, para variar, tardaba mucho en llegar, Willem sacó de nuevo la Biblia y se puso a perseguir cucarachas. Desde que la *Teoría estética* había sido secuestrada, las cucarachas proliferaban a sus anchas: había intentado reducirlas con las *Notas de literatura*, pero el tomo tenía solamente ciento veinte páginas y, por más fuerte que las aporreara, sólo las dejaba atarantadas. Por fin, Mao ejecutó el código de acceso con los nudillos sobre la puerta. Abrí y descubrí que venía acompañado por Dorotea. Arqueé las cejas con picardía:

–Si quieres usar mi departamento –le advertí– tienes que avisarme con tiempo y tienes que traerte tus sábanas. Además estoy acompañado. Pero pásenle, creo que tu novia quería conocer a mi amigo.

Atravesaron el umbral y en cuanto Mao detectó la presencia de Willem se echó para atrás como si fuera hacia la puerta de nuevo.

—¿Es una emboscada? —preguntó.

—Exacto —le respondí—, la organizó Jesucristo.

—Estoy hablando en serio —insistió Mao—, todo el mundo sabe que los mormones trabajan para la CIA.

—Relájate, Mao —le dije—, aquí mi amigo *Güilen* dice que espiar es pecado.

Lo miró mientras azotaba la Biblia contra la pared para aplastar una cucaracha. En su rostro se desdibujó la mueca de sarcasmo, interpretando, erróneamente, que usar la palabra de Dios como matabichos era un rasgo de heterodoxia que merecía, cuando menos, el beneficio de la duda.

—Espiar es pecado —confirmó Willem, mientras limpiaba la portada de la Biblia con un pedazo de papel del baño.

—¿Y no es pecado usar la Biblia para aplastar a las cucaras? —le preguntó—. ¿No es pecado matar animalitos?

—Las *cucarrrachas* son bichos del demonio —dijo Willem—, la palabra del Señor es muy fuerte contra el demonio.

Dorotea se acercó a Willem y le tendió la mano, sin saber si debería saludarlo con un beso. Willem se hizo bolas con las manos ocupadas y acabó guardándose el papel del baño con los restos de la cucaracha en el bolsillo del pantalón.

—Hola, *Güilen*, ¿cómo estás? —le dijo Dorotea.

—¿Se conocen? —los interrumpió Mao.

—Se encontraron el otro día —me entrometí—, cuando tu novia vino a imputarme y aquí mi amigo aprovechó el viaje para traicionarme.

En lugar de saludarse con un beso, entre que ella dudaba y él se incomodaba, se habían quedado con las manos enredadas, agitándolas ligeramente para arriba y para abajo.

—¿No le vas a soltar la mano, *amigou?* —preguntó Mao.

—Cálmate, camarada —le dije—, tanta Revolución y tanta clandestinidad para acabar comportándote como en película de Pedro Infante. ¿Qué me trajiste? Te advierto que *Güilen* lo intentó todo y mira el panorama, las cucarachas felices de la vida.

—Esto es infalible, abuelo.

—¿Cuántas veces tengo que repetirte que no me digas abuelo?

Se descolgó la mochila y entonces Willem se percató del mensaje en la eterna camiseta chamagosa de Mao.

—¿*Senderrro* Luminoso es una religión? —preguntó.

—Una secta —respondí—, ¿no has oído hablar de la Luz del Mundo?

—¿Dónde está el CD? —preguntó Mao.

Tenía ensartado en el dedo índice de la mano derecha un disco compacto.

—¿Qué es eso? —le pregunté—. ¿No se supone que las cucarachas son sordas?

—Este veneno lo conocen los universitarios desde los años sesenta —anunció Mao—, lo descubrieron por casualidad, ya sabe, los campamentos de huelga no son los lugares más limpios del mundo, es el único remedio probado para mantener a las cucaras a raya.

—¿Pero qué es? ¿Ruido blanco?

—Algo mucho peor. Trova cubana.

Colocó el disco en el aparato, subió el volumen al máximo y a los acordes de una guitarra siguió la voz del cantante que desentonaba: *Al final de este viaje en la vida quedarán nuestros cuerpos hinchados de ir a la muerte, al odio, al borde del mar.*

—¡Oye, pues seguro que va a funcionar! —le grité, intentando que mi voz se sobrepusiera a la canción—, ¡me suicido y se acabaron las molestias por las cucarachas!

A la segunda estrofa de la canción, las cucarachas de la cocina asomaron sus antenas y salieron disparadas, chocando contra las paredes. Enseguida, las cucarachas del cuarto y las del baño se les unieron.

—¡Abre la puerta! —le gritó Mao a Dorotea, que era quien estaba más cerca de la salida.

Dorotea obedeció mientras la canción continuaba con la tortura: *Somos prehistoria que tendrá el futuro, somos los anales remotos del hombre.* Cientos de cucarachas iban saliendo de todos los rincones del departamento, pasaban zumbando, estrellándose contra nuestros zapatos para luego rodearnos rumbo a la salida. Dorotea subió su diminuto cuerpo de pie sobre la silla de Modelo, su larguísima melena electrizada por el asco y por las vibraciones de los acordes de la música; Willem, más lívido que de costumbre, fantasmal, se puso a rezar con los ojos cerrados.

—¡Se lo dije! —presumió Mao.

—¿¡Cómo funciona!? —le pregunté—, ¿¡es algo en el tono de voz del cantante!?, ¿¡hay un ruido de fondo en las grabaciones!?

—¡Las cucaras son contrarrevolucionarias! —respondió Mao—. ¡Todo el mundo sabe que son armas biológicas de la CIA!

—¿¡Y quién trabaja para la CIA!? —le grité—. ¿¡Dios o la evolución!?

—¡Es verdad! —insistió—. ¡Las usan para diseminar epidemias!

En el momento en que la canción terminó, el departamento había sido liberado de los bichos, Dorotea había podido bajar de nuevo a la tierra y Willen había recuperado la vista.

—Alabado sea Dios —dijo Willem.

—Éste no fue Dios —aclaró Mao—, fue Silvio Rodríguez.

Me acerqué al estéreo y presioné el botón del *stop* antes de que comenzara la siguiente canción.

—¡¿Qué hace!? —gritó Mao—. ¿Quiere que las cucaras vuelvan?

—¿No me digas que para mantenerlas afuera hay que tener la música todo el tiempo? —le pregunté.

—Las cucaras no tienen memoria —me explicó—, si quita la música vuelven de inmediato.

—¿Y se supone que voy a dejar el disco tocando todo el día a este volumen? Ni que fuera Guantánamo.

—En Guantánamo ponen *death metal*, abuelo. Deje el disco un rato, póngalo un rato cada día.

Presioné el *play*, el sonido de la guitarra y de la voz volvió y nosotros volvimos a los gritos.

—¡Entonces voy a necesitar algo más fuerte! —grité—, ¡¡qué se toman!?

Willem berreó:

—¡Yo mejor me voy!

Iba a ofrecerle un vaso de agua para que se quedara, pero Dorotea se adelantó y cambié de idea:

—¡Yo voy a aprovechar para ir a platicar un rato con mi abuela! —dijo.

En la puerta, al despedirlos, le guiñé el ojo izquierdo a Willem, que respondió pintando de rojo su rostro de larva transparente.

—Quería decirle que lo siento —dijo Dorotea—, no pensé que las cosas se fueran a complicar.

—¿Lo dices por el Papayón?

Sonrió y vi que su labio superior, grueso, formaba un pliegue debajo de su nariz: una segunda sonrisa.

—¿Y no puedes hacer nada? —le pregunté.

—Ya no trabajo ahí, me despidieron —contestó, apenada.

–No te preocupes, lo tengo todo bajo control.

–¿No reactivaron la denuncia?

–No, pero a cambio tengo que compensarlos.

–¿Trabajo social?

–Algo por el estilo.

Detrás de la pareja, en la penumbra del rellano, las cucarachas se amontonaban en los rincones, formando cerros.

–¿Puedo hacer algo por usted? –preguntó Dorotea.

–¿Cómo qué? –respondí.

–No sé, ayudarlo con la compra, acompañarlo al médico, lo que necesite. ¿No quiere que cambie la lámpara? Es un peligro que esté tan oscuro, se podría tropezar.

Miré alternativamente la estatura que alcanzaba la coronilla de Dorotea y la posición de la lámpara, enternecido por la audacia del ofrecimiento: ni subiéndose a dos sillas apiladas la muchachita conseguiría la proeza.

–Yo ya se lo ofrecí *varrrias* veces –se entrometió Willem, a quien le bastaría estirar el brazo para dar palmadas en el techo–, *perrro* no *quierrre*.

–Ésa es responsabilidad de la administración del edificio –les contesté.

Era verdad: tan verdadero como que a Francesca no le hacían caso y, en el fondo, a mí no me importaba, porque la penumbra me parecía un lugar propicio a los enredos y me daba mayores posibilidades de escabullirme sin que los tertulianos me importunaran.

–Mejor ya váyanse –les dije–, me están poniendo nerviosas a las cucarachas.

–Cualquier cosa que necesite le avisa a mi abuela y yo vengo –insistió Dorotea, antes de darse la vuelta y enfrentarse, protegida por Willem, que portaba la Biblia amenazante en la mano derecha, a la marea de cucarachas.

Cerré la puerta y me volví hacia Mao, que se había instalado en el silloncito, las rastas vibrando al ritmo de los tañidos de la guitarra.

–¿¡Qué te tomas!? –le pregunté.

–¡Una chela! –respondió.

–¡Por cierto!, ¿¡noticias de Tlalnepantla!?

–¡Todavía no, pero ya me lo andan investigando los camaradas del CAT!

–¿¡El Centro de Analfabetos Terminales!?

–¡El Colectivo de Anarquistas de Tlalnepantla!

Abrí una caguama de marca libre, especial para ocasiones como ésta, y serví un vaso. Acto seguido saqué la última botella de whisky: de los tres litros que había conseguido en mi heroica excursión, me quedaba apenas uno, un poco menos de un litro, para decir la verdad. Le tendí el vaso a Mao y cuando iba a sentarme en la silla de Modelo sonó el timbre del interfono. Miré en derredor para ver si Willem o Dorotea habían olvidado algo. No descubrí nada. La canción llegó al final y aproveché los segundos que demoraba la siguiente pista en comenzar para levantar el teléfono y escuchar los gritos de Francesca:

–¡Baje el volumen!

Colgué el teléfono y caminé al balcón. Francesca, histérica, ya se había apostado en la banqueta.

–¡No podemos concentrarnos con ese ruido! ¡Bájele!

–¡Devuélvame mi libro!

–¡Baje el volumen o lo denuncio con la administración del edificio!

–¡Devuélvame mi libro o la denuncio con el ministerio público!

En ese momento, vi que Willem y Dorotea salían del edificio, esperaban a que un coche pasara, atravesaban la calle y se metían, juntos, al restaurante chino. Abandoné el balcón antes de que Mao se acercara. El timbre del interfono volvió a sonar una, dos, infinitas veces.

—¡Cada vez me gusta más tu remedio! —le dije a Mao.

—¿¡Qué era eso del libro!?, ¿¡le robaron un libro!? —me preguntó.

—¡Perdí una pequeña batalla con los de la tertulia y tienen como rehén a mi *Teoría estética!*

La música persistía, necia en su versificación descompasada, y de las cucarachas ni sus antenas. Entonces tuve una idea.

—¿¡Quieres ganarte una lana, Mao!?

—¿¡Quiere que le consiga otra *Teoría estética!?* Bara, bara, veinte pesos.

—¡Para ser maoísta eres bastante capitalista, eh!

—¡Hay que poner a trabajar el capital a favor de la Revolución! ¡Yo se la consigo!

—¡No!, ¡la mía ya la tengo subrayada!

—¿¡Entonces!?

—¡Tengo un plan para recuperarla!

—¡Usted dirá para qué soy bueno, abuelo!

Me puse a explicarle la idea conforme se me iba ocurriendo, sobre la marcha, y Mao la perfeccionó demostrando unas dotes asombrosas de estratega militar. Le ofrecí otra cerveza, y otra, y cuando el plan estuvo totalmente definido, acordamos la fecha y los honorarios y apagué la música para convocar a las cucarachas de vuelta. Mao se empinó lo que le quedaba de cerveza y dijo que mejor se iba a buscar a Dorotea. Camino a la salida, descubrió el ejemplar de las *Notas de literatura* en la estantería de al lado de la puerta.

—¿No que era un regalo? —me preguntó.

—Hubo cambio de planes —le respondí—. Por cierto, ¿tú tienes acceso a la biblioteca de la Facultad de Letras?

168

—Simón. ¿Qué necesita?

—Tráeme todo lo que puedas de teoría literaria.

—¿Estructuralismo, hermenéutica, semiótica, teoría de la recepción?

—Lo que sea, entre más mafufo mejor.

En ese momento aporrearon la puerta y me preparé para enfrentar a Francesca, pero era un muchacho al que habían asaltado y que iba pidiendo dinero para completar su boleto de autobús a Pachuca. O eso era lo que decía, ésa era su estrategia de mercadotecnia. Se había colado en el edificio mientras Francesca me gritaba. Era oro puro: si Francesca pensaba en convocar una asamblea extraordinaria para censurarme por el asunto del volumen de la música, yo tendría una acusación para contrarrestarla.

—Mao, ¿tu celular tiene cámara?

—Todos los celulares tienen cámara, abuelo.

—Tómale una foto aquí a mi compadre. Sonríe, chamaco.

No fui yo el que vino a demostrar que el hombre era capaz de acostumbrarse a cualquier cosa, incluso a la ignominia de impartir un taller literario en una cantina rascuache. Domingos yendo y domingos viniendo, hasta había acabado consiguiendo que el Cabeza de Papaya pagara la cuenta, lo cual, si lograba mantener el taller eternamente, me daba cincuenta y dos días de vida adicional por cada año, ¡un año entero si lograba extender el taller durante siete! A eso podía llamársele, literalmente, ganarse la vida literariamente.

Empezábamos alrededor de las doce y acabábamos, como mínimo, a las cinco y media. Cada semana, yo me prevenía con un arsenal suficiente para reavivar la polémica y alargar la sesión cuanto quisiera, y así disfrutar de las consecuentes bebidas gratis. La falta de civismo de los estudiantes de la Facultad de Letras era de enorme ayuda: todos los libros estaban pertinentemente subrayados. Mientras el Cabeza de Papaya leía en voz alta el avance de su novela, en la que describía, con detalle exasperante, el color del pelo, el tipo de mirada, el peso y la *textura* de los gruñidos, entre otras minucias, de cada uno de los cientos

170

de perros que eran cazados por su protagonista, yo hojeaba los libros de teoría literaria en busca de algún fragmento que me sirviera para interrumpir su lectura y provocar una discusión bizantina que elevara el tono y exigiera el paso de la cerveza al tequila.

—Espera —le decía—, ya se te durmieron todos los lectores. Peor, tus lectores ya se murieron, ¡en el siglo diecinueve! Déjame que te diga una mala noticia: los muertos no compran libros. Pon atención.

Y yo leía: *Un análisis de la historia literaria muestra el traslado de los espacios vacíos como elementos de economía narrativa o como productores de tensión y* suspense *—caracterizados en la figura de la elipsis— a su papel central en la literatura moderna, de naturaleza fragmentaria, en la que, según Wolfgang Iser, las formas narrativas de carácter segmentado permiten acrecentar aportaciones de espacios vacíos, de manera que los ensamblajes dejados en blanco se transformen en una irritación permanente de la actividad representadora del lector.*

—¿Entendiste? —le preguntaba—. No tienes que contarlo todo, puedes meter muchos espacios vacíos en tu novela.

—¡Pero yo no quiero irritar al lector! —se quejaba.

—¡Por eso! ¡Métele espacios vacíos!, ¡en una de ésas tenemos suerte y tu novela se esfuma!

Un día, una sola frase de las *Notas de literatura* sirvió para aguantar hasta la hora en que la cantina cerraba: *Ya no se puede narrar, mientras que la forma de la novela exige narración.*

—¡Claro! —objetaba el Cabeza de Papaya—, ¡así no se puede hacer nada! Si lo que quiere es desanimarme, que yo renuncie a escribir la novela, entonces no hay trato. Se suspende el taller, yo hago aparecer la denuncia y todos tan contentos.

–No estás entendiendo –yo le replicaba–, lo que quiere decir esa frase es que hay que escribir aunque en realidad ya no se pueda, ¿me explico? Lo que importa es intentarlo, es como en los deportes: lo que importa no es ganar, sino competir, ¿entiendes? Voy a necesitar algo más fuerte. ¡Dos mezcales! –le gritaba al cantinero, que trajinaba detrás de la barra.

Conforme la tarde avanzaba, los parroquianos se acercaban a nuestra mesa para entretenerse con nuestras discusiones, a cada trago más virulentas:

–¡Usted lo que quiere es que yo fracase –me acusaba el Cabeza de Papaya–, que no escriba la novela! ¡Éste debe ser el peor taller literario de la historia!

–¡Yo te dije que no sabía escribir una novela!

–¿¡Y entonces por qué aceptó enseñarme!?

–¡Porque me amenazaste!

–¡Saboteador!

–¡Extorsionador!

–¡Viejo decrépito!

–¡Papayón!

Aun así, al domingo siguiente los dos acudíamos a la cita: yo, para que me pagara los tragos; él, para que le leyera algún fragmento teórico confuso que le mantuviera la cabeza ocupada durante la semana y disimulara su incapacidad para escribir una novela.

Había aparecido una noche en la esquina, se había quedado vigilándome un rato desde las sombras, viendo mi trajinar mientras cortaba la carne, calentaba las tortillas, servía los platos. A pesar del estado en que se encontraba, raquítico hasta el esqueleto, desorbitado, lo había reconocido al instante. Habíamos pasado muchas noches juntos, madrugadas interminables de tropelías y desmadres. Aparentaba estar viviendo en la calle, iba rodeado de una jauría lamentable de perros callejeros. Eran perros desnutridos, sarnosos, pulguientos. Perros con parvovirus, con llagas. Perros que habían perdido la posibilidad de ser rescatados, o que nunca la habían tenido. Perros que ni mi madre, con todo su infinito cariño por los canes, se atrevería a llevar a casa. Viendo el conjunto, no se sabía quién andaba en mala compañía, si él o los chuchos.

Me acerqué y le estiré un plato de tacos, antes de que me espantara a los clientes. Por la manera en que me miró, supe que no se acordaba de mí. Se comió dos tacos vorazmente y el resto los repartió entre los perros, lo que provocó una breve trifulca, llena de gruñidos. Luego se aproximó con el plato en la mano, pensé que quería que le diera más tacos, la caridad es un plato sin fondo, eso era algo que yo había aprendido muy rápido.

–Te vendo un perro –me dijo.

Los comensales suspendieron un momento las mordidas para dedicarle una mirada de curiosidad y desprecio. Uno de los habituales me dijo:

–¿Qué pasó?, ¿a poco ya andas recibiendo proveedores en este horario?

El resto rió a carcajadas el chiste y los perros gruñeron en respuesta. Extendí el plato de vuelta hacia el Hechicero, con más tacos, que ignoró.

–Te vendo un perro –repitió.

–Te equivocaste de puesto, compadre –lo atajé–, donde seguro te lo compran es aquí a la vuelta, en el pozole.

La concurrencia rió el chiste de nuevo, era un público fácil, y el Hechicero se replegó a las sombras, donde se quedó esperando un rato hasta que se aburrió y se fue. La escena empezó a repetirse casi a diario, aunque le daba por desaparecer por temporadas. Si no tenía clientes me ponía a platicar con él, intentando entender el hilo de su delirio. Hablaba como si el Apocalipsis hubiera sido la semana pasada. Decía que iba a enseñarme sus cuadros, pero que se los habían robado. Otras veces decía que había tenido que empeñarlos y me pedía dinero para recuperarlos. Yo pensaba que en ese estado era imposible que siguiera pintando, que todo sería parte de su desvarío, a menos que hubiera dejado de ser un pintor figurativo y se hubiera pasado al abstraccionismo. Seguía sin acordarse de mí, por más que yo le insistía:

–¿No te acuerdas de mí? Nos conocimos en La Esmeralda.

–Yo en La Esmeralda tomé tres clases y no me enseñaron nada –me respondía.

174

—Nos conocimos afuera, ¿no te acuerdas?, en la esquina donde se juntaba la pandilla para irnos de parranda.

—¿Y tú qué hacías en La Esmeralda? —me preguntaba.

—Tomar clases.

—¿De qué?

—De figura humana.

—Imposible, no hay taqueros artistas.

Y una y otra vez, y otra, volvía a la carga:

—Te vendo un perro.

Cuando estábamos solos, yo le explicaba:

—Esos perros no sirven, compadre.

—¿Cuáles? —preguntaba.

—¡Ésos! —le contestaba, señalando a la jauría triste que lo rodeaba.

—¿Estás loco? Éstos son mis amigos. Yo te vendo *otro* perro.

—¿Otro? ¿Cuál?

—Me voy a poner a cazarlo, ¿me lo compras?, cobro por adelantado.

Por ahí discurrían nuestros encuentros, hasta que, noches yendo y noches viniendo, uno de mis clientes habituales, que vivía en la misma calle donde tenía el puesto, lanzó el triste chascarrillo:

—¿Y ahora cómo le vas a hacer? —me preguntó—. Se murió tu proveedor favorito.

—¿Cómo? —pregunté, sin entender todavía.

—Se murió el orate que quería venderte un perro, ¿no te enteraste? Lo encontraron tirado en la calle, aquí a dos cuadras, rodeado de perros.

Los efectos del secuestro de mi *Teoría estética* estaban siendo devastadores: las llamadas de los operadores de telemarketing se alargaban tortuosamente sin que yo consiguiera zanjarlas con otro recurso que no fuera colgar, lo cual sólo daba pie a que el teléfono volviera a sonar de inmediato y todo recomenzara desde cero. Había tratado de usar los libros de teoría literaria como sucedáneos, pero no funcionaban. No era por el contenido, que estaba a la altura en su calidad de impenetrabilidad, seguramente era porque en el fondo yo no les tenía confianza: el fetichismo no admite sustitutos. La crisis llegó a tal nivel que acabé recibiendo por correo la tarjeta de fidelidad de una ferretería y una caja con muestras de champú para participar en una investigación de mercado. Juliette me decía:

—Eso te pasa por tener teléfono, ¿se puede saber para qué quieres tú una línea telefónica? ¡Lo único para lo que sirve es para hacer más rico al hombre más rico del mundo!

—Es para emergencias —le contestaba.

—¡Qué emergencias ni qué nada! A nuestra edad cualquier emergencia ya es una fatalidad y que yo sepa los muertos no hablan por teléfono.

176

—No te pases, *Yuliet.*

—¡Es broma!, ¡qué sentidito! ¿Y por qué no dejas descolgado el teléfono?

—¿Y si llaman para pedir el rescate de mi *Teoría estética?*

—No inventes, Teo, tanto chupar te está secando el cerebro.

—¿Tú también te vas a poner a sermonearme?

—Cómo crees. ¿Quieres otra cerveza?

Pasaba los días en un estado de excitación que me descontrolaba por completo: no llevaba la cuenta de los tragos, gritaba por cualquier cosa, jugaba a matar cucarachas lanzándoles objetos a la distancia, entraba y salía del departamento y del edificio sin motivo ni destino. Willem notaba el cambio y creía que ocultaba males de otra naturaleza:

—¿Está tomando drogas? —preguntaba.

Yo lo fusilaba con la mirada y él insistía:

—Si está tomando drogas necesita ayuda.

—¿Quieres ayudarme? ¡Rescata mi *Teoría estética!*

—Es sólo un libro.

—Te equivocas, *Güilen,* es mucho más que un libro.

—El Señor castiga el apego a las cosas *materrriales.*

—¡No me digas! ¿Y si las cosas materiales no son materiales? ¿Desde cuándo un libro es una cosa material? ¿Y si la que hubiera desaparecido fuera tu Biblia, estarías tan tranquilo?

—Si mi Biblia *desaparecierrra* es porque tenía que ir a otras manos que más la necesitaban. Yo *conseguirrría* otra Biblia. ¿Por qué no compra otro libro igual?

—Porque eso significaría rendirme y no lo voy a hacer, Francesca tiene que devolverme mi *Teoría estética.*

—¿Por qué pelean?

—No estamos peleando.

—¿No?

—No.

—¿Entonces?

—Es el ritual previo al apareamiento.

Willem se ponía colorado.

—Hablando de apareamiento —le decía—, te manda saludos Dorotea.

—¿Vio a *Dorrrotea?*

—No, pero le dejó el recado a *Yuliet* y aquí me tienes haciendo de mensajero entre los tortolitos.

Guardaba la Biblia en la mochila como si fuera a mancharla por pensar en una mujer mientras la sostenía entre las manos. Miraba su reloj de pulsera y le temblaba la plaquita con su nombre que traía colgada en el bolsillo de la camisa, del lado del corazón.

—¿La has visto muchas veces? —le preguntaba.

—Algunas.

—¿En el chino?, es un lugar muy romántico.

—También cerca de la universidad.

—¿Y?

—¿Y qué?

—¿Cómo qué? No me vas a decir que atraviesas la ciudad para hablarle de la palabra de Dios.

—Hablamos de muchas cosas, somos muy *parrrecidos.*

—¿Los dos son igual de ingenuos?

—Ella también es una *misionerrra*, a su *manerrra.*

—Bueno, al menos coinciden en la posición coital.

—¿Cómo?

—Nada, olvídalo. Aguas con el novio, ¿eh?, tiene entrenamiento guerrillero.

Como había algo que no me cerraba en esa historia, iba con Juliette a la verdulería y juntos analizábamos el estado del romance.

—Quiero que me prometas una cosa, *Yuliet* —le decía.

—¿Que vamos a ser padrinos de la boda? —me preguntaba.

—Que si te enteras de que todo este asunto es una más de las operaciones de Mao y sus camaradas me vas a avisar.

—¿Cómo va a ser una operación? Ni que mi Dorotea fuera una Mata Hari.

—A Mao no se le agotan las teorías de la conspiración, sólo espero que no se le haya metido en la cabeza usar a Dorotea para infiltrarse en los mormones.

—¿Y tú por qué tan preocupado? Hasta parece que *Güilen* fuera tu hijo.

—Me cae bien el muchacho, le urge un poco de experiencia.

—¿Te pones caliente, Teo?

—¿¡Eh!?

—No te hagas, te pones caliente de imaginar que tu muchachito se coja a mi Dorotea. Eres un pervertido.

Ya iban a ser las tres de la tarde y apenas nos habían servido cacahuates, papas fritas y dos míseros tacos dorados de frijoles. El Cabeza de Papaya estaba empecinado en leer el avance de su novela y bebía de manera lentísima, entorpeciendo el tráfico de la botana. Yo me estaba pudriendo de hambre, así que lo interrumpí cuando respiró para marcar un punto y aparte y la separación entre un párrafo y el siguiente.

–Apúrate que se va a acabar la botana –le ordené.

–¿Cómo? –preguntó.

–Que te termines la cerveza para pedir otra y que nos traigan más botana.

Se empinó lo que restaba en el vaso de un trago y yo pedí otra caguama, que vino acompañada de dos sopes del tamaño de monedas de diez pesos.

–¿Nomás eso? –le pregunté al cantinero.

–¿Quieren más? –me respondió–, hoy andan muy lentos.

Veinte minutos después, seguíamos en las mismas: yo, muriéndome de hambre; el Cabeza de Papaya, absorto en los meandros de su novela.

180

—Oye, ¿qué desayunaste? —lo interrumpí.

—Barbacoa —respondió.

—Con razón.

—¿Con razón qué?

—Me estás saboteando. A ver si bebes más rápido.

—¿El saboteador hablando de orejas? Usted no me está escuchando.

—Claro que te estoy escuchando, no me queda otra opción.

—Pues no me dice nada para mejorar la novela.

—¡Porque está todo mal!

—¿¡Todo!? Dígame una cosa que esté mal, ¡una!

—Mira nada más al protagonista, mira las cosas que dices de él para justificar que mate perros. Dices que es un solitario, que es alcohólico y drogadicto, mujeriego, que tiene una cicatriz en la cara y que lleva un palillo en los dientes, como rufián de película. Lo pintas tan feo que hasta parece que estuvieras diciendo que la maldad es un atributo físico.

—Está basado en la historia real —se defendió—. Es un retrato del dueño de la carnicería al que agarramos vendiendo carne de perro. Tengo las fotos que le hicieron cuando lo detuvieron.

—¿Y tú crees que eso explica su comportamiento?

—Lo que explica su comportamiento es que era un frustrado que ni siquiera quería ser carnicero.

—¡No me digas! Déjame te cuento un secreto: nadie es carnicero por vocación, ni siquiera por afición, pero alguien tiene que ser carnicero, ¿o no? Si no el mundo estaría lleno de poetas, artistas, actores de cine y viajeros intrépidos, y los parques estarían llenos de estatuas para celebrarlos, pero no habría nadie que hiciera funcionar las cosas. Alguien tiene que cazar los bisontes, sembrar los campos, apretar las tuercas del mundo. Además, estás juzgando a tu personaje sin considerar un detalle elemental.

–¿Cuál? –me preguntó.

–Primero empínate esa cerveza –le ordené, y me recargué hacia atrás para que entendiera que no iba a continuar hasta que lo hiciera.

Me obedeció, pedí a gritos que trajeran otra caguama y, por fin, nos mandaron dos platos de pozole.

–Te olvidaste de dónde vive el protagonista –le dije–, de dónde nació y creció. ¿Tú eres del DF?

–No, yo soy de provincia –me contestó.

–¡Lo sabía!, tú no entiendes a esta ciudad. En tu pueblo al que mata a un perro lo llaman mataperros y aquí a los mataperros los llamamos sobrevivientes.

–En realidad en mi pueblo los llamamos cínicos.

–Y aquí a la gente como tú la llamamos provinciana. ¿No te das cuenta? Los perros no importan. Los perros no importa que sean perros. Son perros porque sí, pero podrían ser cualquier otra cosa que sirviera como símbolo de la crueldad de la vida. Si no hubiera perros serían ratas, o conejos.

–Los perros son perros porque eso fue lo que pasó, los perros importan porque ésa es la realidad.

–La realidad no importa.

–¿Y se puede saber qué importa, entonces?

–No lo sé, pero te voy a decir una cosa que estoy seguro de que no importa: que escribas una novela.

–Usted sólo quiere sabotearme.

–Yo sólo quiero comer el pozole, que se está enfriando, ¿me dejas?

Se levantó con alarde de ruido al empujar la silla hacia atrás.

–Aténgase a las consecuencias –me amenazó.

Y entonces sucedió algo que de verdad importaba: el Cabeza de Papaya atravesó la cantina, furioso como una bala, y se largó sin pagar.

La voz en el teléfono, una voz femenina con manchas de interferencia que había pedido hablar conmigo, se identificó diciendo que llamaba de la clínica del IMSS de Manzanillo. Mi padre acababa de fallecer de cáncer y había que hacerse cargo del cuerpo. Disimulé como pude y mamá no hizo preguntas e incluso sonrió, imaginando que esa llamada misteriosa significaba que yo por fin iba a parar de arrastrarme por la vida y que me aprestaba a sobreponerme, tantos años después, a la historia del matrimonio fallido con Marilín. Cuando salió a pasear al perro, le conté lo que había pasado a mi hermana.

–Yo no voy –me dijo.

–Se lo prometimos –le respondí.

–Se lo prometiste tú, yo ya lo enterré, en un cementerio de Manzanillo, como le dijimos a mi mamá y como hace la gente normal, ¿o ya se te olvidó?

Le dije a mi madre que me iba unos días de vacaciones y no me preguntó ni adónde ni con quién, pero sonrió de nuevo, incluso más. Mi hermana y yo nos habíamos convertido en adultos, pero mamá no había dejado de ser mamá y sólo dejaría de serlo si la convertíamos en abuela, cosa que nunca sucedió.

Subí a un autobús y, catorce horas después, llegué a Manzanillo. En la estación me estaba esperando mi padre. Para estar muerto, tenía pésimo aspecto (podrían haberlo maquillado). Para estar vivo, parecía un espectro. Atrapé sus huesos enclenques entre mis brazos y le reclamé fuerte al oído, para asegurarme de que alcanzaba a escucharme:

—Tienes que parar de hacer esto, ¿qué tal que el día que de verdad te mueras no te crea y acabes en una fosa común o en la facultad de medicina?

—Eso pasa en un cuento infantil y tú ya eres un adulto —me respondió–. ¿Dónde está tu hermana?

—No quiso venir, dice que ya te enterró.

—¡Me lo prometió!

—Te lo prometí yo y aquí me tienes, ¡no me digas que quieres que te meta al horno crematorio vivo!

Sugirió que fuéramos a comer mariscos a una palapa al lado de la playa, pero me negué, no quería que aquello acabara siendo una tradición de familia. Comimos en un restaurante del centro, insoportablemente caluroso a pesar de los ventiladores encendidos a toda, ruidosa, velocidad. Cuando mi padre me vio abanicándome con el menú, me dijo:

—Te lo dije. Aquí no hay brisa, no hacía falta sufrir de a gratis. Te pareces a tu madre.

—¿Tú no tenías cáncer?

—Tenía, me curé.

—¡No me digas! ¿Y para qué me hiciste venir entonces?

—No tan rápido, todo a su debido tiempo. ¿Cómo está tu mujer?, ¿tienes hijos?

—No estoy casado.

—¿Tú no te ibas a casar?

—¿Tú no te ibas a morir?

—O sea que a los dos nos dejaron vestidos y alborotados. Espero que tu novia estuviera más guapa que la mía, la mía era espantosa.

Lo más incómodo no era el calor, sino que no me atrevía a mantener la vista fija en el rostro de mi padre. No, al menos, sin tener la sensación resbaladiza de que sus ojos iban a escapársele hacia afuera de la cuencas en cualquier instante. Comimos un coctel de camarones y pulpo en silencio y luego intenté abreviar el encuentro:

—¿Para qué me hiciste venir?

—Cambié de opinión. O no, no cambié de opinión, lo que cambió fue el arte, el arte no se detiene nunca. La pintura es cosa del pasado, ya no quiero que me incineren y que mezclen mis cenizas con pintura. No quiero pasar a la posteridad en una manifestación anacrónica. Quiero que usen mi cuerpo en un performance. Dáselo a Jodorowsky, a ver qué se le ocurre.

—Jodorowsky ya no está en México, se fue a vivir a París.

—Pues entonces dáselo a Felipe Ehrenberg.

—No lo conozco, ya no conozco a nadie de ese mundo, papá, te tardaste mucho en morir, o más bien te estás tardando mucho.

—Si no es a Felipe dáselo a alguno de los grupos que están haciendo performance, *happening*, hay un montón, pero antes investiga bien, no quiero acabar en una fumada frívola.

Usando sus dedos finos de calaca, sacó una hoja de papel que traía doblada adentro del bolsillo de la camisa y me la extendió. Era una carta de autorización mediante la cual, «en pleno uso de sus facultades mentales», donaba su cuerpo para usos artísticos. Se trataba de una carta modelo: donde decía «usos científicos» mi padre había tachado la segunda palabra y había escrito encima «artísticos». Al

186

calce, además de su firma, estaba la de dos testigos y el sello y la firma de un notario.

–Cuando vengas a reclamar mi cuerpo –me dijo–, no
se te olvide traer esta carta.

La acción duró menos de diez minutos y fue ejecutada con tal eficacia que hasta admiré el entrenamiento guerrillero de Mao. ¡Qué viva el Perú, carajo! En el momento en el que Mao tocó el timbre del portal y yo presioné el botón del interfono para abrirle, encendí la música en la grabadora portátil que Mao me había traído la tarde anterior. Las cucarachas tomaron el rumbo de la salida y yo las fui expulsando, cual flautista de Hamelin invertido, hacia el ascensor, que había trabado usando la silla plegable de Modelo. Las cucarachas se iban agolpando en el elevador, unas encima de otras, formando una montaña, mientras por las bocinas de la grabadora se escuchaba: *Mi unicornio azul ayer se me perdió, pastando lo dejé y desapareció, cualquier información bien la voy a pagar.* Cuando el ascensor estuvo repleto hasta el techo, quité la silla y las puertas se cerraron: el aparato había sido llamado desde el zaguán por Mao.

Después de cumplir el descenso desde el tercer piso, la marea de cucarachas irrumpió triunfante en el zaguán. Los tertulianos, apavorados, escaparon como pudieron hacia la calle. Mao cargó el botín en el elevador y subió de vuelta al tercer piso, transportando once lamparitas y once ejemplares de *Palinuro de México*. Trabamos la puerta del ascensor de nuevo con la silla plegable y Mao fue acarreando, de tres en tres, los *Palinuros* rumbo a mi departamento.

Palinuros yendo y *Palinuros* viniendo, por fin soltamos el elevador y nos metimos al departamento: Mao, jadeando; yo, silbando el *Himno a la alegría*.

—¡Un gran triunfo para la Revolución! —exclamé—. ¿¡Una cervecita!?

—Por supuesto, abuelo, no cargaba tanto peso desde que hirieron a un camarada bien gordo en una Cumbre Iberoamericana y tuvimos que arrastrarlo dos kilómetros para que no se lo llevara la tira.

Fui al refrigerador y saqué una caguama de Victoria que había reservado para la ocasión. Mao se desplomó en el silloncito y comenzó a flexionar los brazos como haciendo calistenia.

—¿Y ahora? —me preguntó.

—Ahora hay que esperar —le respondí—, ahora viene la negociación. ¿Te vieron llevarte el cargamento?

—No, salieron disparados a la calle y las cucarachas iban atrás de ellos. ¿No los vio por el balcón?

—Sí, giraron en la Teodoro Flores, rumbo al Jardín de Epicuro.

Mientras servía los dos vasos de cerveza, las cucarachas comenzaron a entrar por debajo de la puerta, primero tímidamente, la vanguardia formada por cuatro o cinco bichos, y luego, de manera desvergonzada, el resto: los borregos, los borregos-cucarachas.

—Chale —dijo Mao—, ¿de dónde salen?

—Las cucarachas —le contesté— son un ejército al que no se le acaban las reservas, como un país infinito de autómatas.

–¿Ponemos la música?

–No, déjalas.

–Oiga, ¿qué va a hacer con los ladrillos? –me preguntó, señalando hacia la torre de *Palinuros*.

–Ya te dije, negociar el rescate.

–Necesito que me los preste.

–Ahora resulta que tienes una tertulia. ¿No me dijiste que la novela era un invento burgués?

–No es para leerlos. Se me acaba de ocurrir una idea.

–Llévatelos, de hecho yo no puedo arriesgarme a tenerlos aquí mucho tiempo.

Le di un vaso de cerveza y levanté el mío:

–¡Por la Revolución!

–Mejor por la Literatura Revolucionaria.

–Como quieras.

Había pasado un buen rato desde que Willem tocara el timbre del portal y todavía no había conseguido llegar a la puerta de mi departamento. Doblemente extrañado, porque tampoco era miércoles o sábado, me asomé por el balcón: nada. Enseguida se escuchó de nuevo el timbre del interfono.

–¿Qué pasa? ¿Por qué no subes? –pregunté.

–Lo tenemos –dijo Francesca.

–¿¡Eh!? –respondí.

–Tenemos a su amiguito. No lo vamos a liberar hasta que nos devuelva los *Palinuros*.

–Yo no tengo los *Palinuros*.

–No mienta, lo organizó todo usted con ayuda del zarrapastroso.

–No sé de qué está hablando.

–Del muchachito que nos deja el zaguán oliendo a pies sudados.

–Yo no tengo los *Palinuros*, ya se lo dije varias veces.

–Ya lo escuchó, o nos los devuelve o no liberamos a su amigo.

–¿Está segura? ¿Sabe lo que le puede costar tener secuestrado a un gringo?

191

La pausa al otro lado del teléfono me confirmó que la amenaza estaba surtiendo efecto.

—Voy a colgar, *Franchesca*, tengo que hacer una llamada a la embajada norteamericana.

—Aténgase a las consecuencias —me amenazó.

Corté la comunicación y me quedé al lado de la puerta, esperando la llegada de Willem, que demoró, solamente, los cinco minutos de rigor y luego apareció en el umbral del departamento con cara de mártir en pleno tormento.

—Mis papás *quierrren* que yo vuelva —me dijo.

—Pásale.

Entró con la mochila llena de congoja, al menos eso era lo que simulaba: que la mochila le empujaba los hombros hacia abajo para remarcar su abatimiento.

—¿Un tequila, *Güilen?*

—Un vaso de agua.

—¿Te asustaste?

—¿Por qué?

—Porque te querían secuestrar.

—¿Cómo?

—¿Qué estabas haciendo allá abajo? ¿Por qué te tardaste tanto?

—*Querrrían* que les *hablarrra* de la palabra del Señor. Estaba leyendo la Biblia con ellos un *rrrato.*

Puse el vaso debajo del garrafón y, mientras lo llenaba, vi que Willem, contra su costumbre, había abandonado la mochila al lado de la entrada y se había sentado en el silloncito sin su Biblia.

—¿Qué pasa? —le pregunté—, ¿problemas en la familia?

—Mis padres tienen miedo —respondió—, dicen que va a haber un gran *terrrremoto.*

—¿Y cómo lo saben? ¿Les avisó Jesucristo?

—*Vierrron* las noticias.

—¿Qué noticias?

—La grieta que está abriendo el suelo. Dicen que es un aviso, que va a haber un gran *terrrremoto* en cualquier momento.

Le pasé el vaso de agua y jalé la silla de Modelo para sentarme enfrente.

—Eso no tiene nada que ver —le dije.

—¿Cómo? —preguntó.

—Que los terremotos no pueden predecirse. Además, lo de la grieta ya lo explicaron, ¿no supiste?, ¿lo de los bigotes de los revolucionarios?

Tomó dos traguitos de agua y dejó el vaso sobre el sillón, entre las piernas, apretándolo lo suficiente para que no se volcara.

—Eso es una *mentirrra* idiota que nadie se cree —dijo, alterado, perdiendo la paz del Señor—. Dicen que esa *historrria* la *sacarrron* de un libro. *Dorrrotea* también me dijo que eso no es cierto.

—Dorotea es novia de Mao —le contesté—, que es el rey de las teorías de la conspiración. No le hagas caso. ¿Cuánto tiempo te ibas a quedar?

—En total dos años.

—¿Y?

—¿Y qué?

—¿Qué vas a hacer?

—No *quierrro* irme.

Esperé a que él continuara, vigilando el equilibrio del vaso que mantenía entre las piernas.

—*Dorrrotea* ya no es novia de Mao —dijo.

—¡No me digas! Déjame adivinar... y por eso no te quieres ir.

Levantó la cabeza y me miró a los ojos y casi me puse

orgulloso de que hubiera madurado tanto como para, al menos, dejar de ponerse colorado.

–Si vas a quedarte –le dije–, que sea por las razones correctas. Quédate porque quieres, no te quedes por Dorotea.

–*Quierrro* quedarme porque *quierrro*, y si *quierrro* quedarme es por *Dorrrotea*.

–¿Ya te acostaste con ella?

–Sexo antes del mat...

–Sí, ya sé, ya sé –lo interrumpí–. ¿Entonces vas a quedarte para cogértela o para casarte con ella?

Desvió la mirada hacia la entrada, hacia su mochila, donde reposaba la Biblia, en la que quizá, imaginé que estaría pensando, en alguna de sus cientos de páginas, estaría la respuesta.

–Mejor me voy –dijo.

Se levantó decidido y el agua se derramó en su entrepierna. Atrapó el vaso antes de que cayera al suelo y se puso a sacudirse el pantalón con la mano. Le pasé un rollo de papel para que se secara. Sobre el negro de la tela se marcaba la mancha del líquido, ahora adornada con puntitos blancos, el rastro del papel del baño.

–Espera –le dije, y fui a mi cuarto.

Me agaché para rescatar la caja con las galletas chinas y volví a la sala. Willem ya se había colgado de vuelta la congoja, que parecía estar todavía más pesada.

–Escoge una –le dije.

Metió la mano sin convicción, pero sin reclamar, porque no estaba programado para desobedecer a nadie en ninguna circunstancia. Pescó el paquetito, lo abrió y partió la galleta.

–¿Y? –le pregunté.

–*El sitio donde debes buscar una mano abierta es el final de tu brazo.*

—¡Bingo!

Guardó el papelito en el bolsillo de la camisa, detrás de la plaquita con su nombre, al lado del corazón.

—Si te vas ven a avisarme —le dije.

—No me voy a ir —respondió.

—Bien.

Lo vi irse cargando una determinación que lo llenaba de culpa. Cerré la puerta y me puse a imaginar el escándalo en el zaguán cuando lo vieran pasar con el pantalón en ese estado.

No daban medallas por ser taquero, ni ponían estatuas, pero un taquero, sobre todo un taquero del centro de la Ciudad de México, también podía alcanzar el reconocimiento. Yo llegué a la cima de la fama en la década de los ochenta, cuando mi puesto de tacos en la Candelaria de los Patos era frecuentado por la crema y la nata, por el suero y la grasa, de la sociedad capitalina. Un cliente habitual era el regente: venía escoltado por sus guaruras, que también cenaban, por turnos, para no descuidar la vigilancia. Su trabajo más importante era evitar que los clientes se acercaran al regente con peticiones que le acababan cortando la digestión. Otro que venía, al menos una vez a la semana, era el Negro Durazo, que entonces era jefe de la policía del DF, antes de que hubiera cambio de presidente y se dieran cuenta, milagrosamente, de que era el embajador del diablo en la Ciudad de México. No era un cliente del que me enorgulleciera, pero era uno de los más fieles. Sólo dejó de venir cuando quisieron meterlo a la cárcel y se fugó.

Una vez vino José Luis Cuevas, que ya era un artista consagrado y andaba con Fernando Gamboa recorriendo el centro para localizar un edificio para su museo. Me dio vergüenza contarle que nos habíamos conocido, preguntarle si se acordaba de mí. Otro cliente habitual era Alberto Raurell, que era director del Museo Tamayo y había organizado una exposición de Picasso. Con todo y que era medio gringo, o precisamente por eso, le encantaban los tacos. Cuando venía a cenar, lo agobiaba tanto con mi plática que los tacos se le enfriaban y yo tenía que írselos reponiendo. El corrillo de comensales cotidianos, un acervo de vecinos, burócratas y trasnochadores de toda índole, se burlaba de mí:

–¡El taquero nos salió crítico de arte!

Y Raurell, riéndose pero serio, siempre me defendía:

–Eso es lo que necesitamos, taqueros que se interesen por el arte.

Yo le contaba de mis aspiraciones enterradas de ser artista, de mi fugaz paso por La Esmeralda, y le decía que seguía yendo a los museos, a las galerías, pero que me parecía que ya no había nada interesante, que la grandeza del arte de la primera mitad del siglo oscurecía por completo la segunda, que ya no se hacía nada verdaderamente nuevo. Raurell no aceptaba mis juicios, sostenía el taco con los dedos de la mano derecha enredados, de esa manera extraña en que lo hacen los que no aprendieron en la infancia, y se ponía a darme clases de teoría estética entre mordida y mordida, con mucha paciencia.

–Claro que se hace arte nuevo –repetía–, se hace arte nuevo todo el tiempo. ¿Sabes lo que decía un *teórrico* alemán? Que lo nuevo es el anhelo de lo nuevo. ¿Entiendes? Imagínate que hay un niño frente a un piano buscando una melodía nueva, que nunca se haya tocado. Ese niño está condenado al fracaso, a la frustración, porque esa melodía no existe, todas las melodías posibles ya estaban *con-*

siderradas en el teclado, por el simple hecho de que existe un teclado con una combinación determinada de teclas. ¿Entiendes? *Perro* lo nuevo es eso que hace el niño, *querrer* hacer algo nuevo. Lo nuevo es el anhelo de lo nuevo. Lo nuevo es la necedad del niño. Ésa es la *parradoja* del arte. Hay que buscar lo nuevo. El que no busca no encuentra.

—¿Cómo se llama? —yo le preguntaba.

—¿Quién?

—El alemán que dijo eso.

—Theodor Adorno. Lea a Adorno, le va a gustar.

Antes de que marabunta se pusiera a ridiculizarme, yo me excusaba:

—¿A qué hora quiere que lea, jefe? Tengo que chambear, no sabe lo matada que es la vida de taquero.

Raurell me guiñaba un ojo, levantaba la mano izquierda, la derecha ocupada intentando agarrar el taco que se le desmontaba, y agitaba el dedo índice en el aire mientras hablaba alto, para que todos lo escucharan:

—¡He tenido mejores conversaciones de arte en este puesto que en Harvard! ¡Se los juro!

Luego mataron a Raurell, estaba cenando en un restaurante del centro, no muy lejos del puesto, cuando hubo un asalto, se resistió y le dispararon. Salió en todos los periódicos. Tenía treinta y cuatro años. En el Museo Tamayo había una exposición de Matisse que él había organizado, tan alegre y colorida que parecía una broma macabra. Al año siguiente capturaron al Negro Durazo. Lo acusaron de extorsión, acopio de armas, contrabando y abuso de autoridad y lo refundieron en el tambo. A ese cliente no me dolió perderlo.

El timbre del interfono sonó cuando estaba afanado en el cuaderno y me empinaba la que hasta ese momento creía que sería la última del día.

–Vengo del Be De De –dijo la voz de Mao en el teléfono.

–¿Ya te diste cuenta de la hora? –le pregunté.

–Es una emergencia.

–¿Borrachos Despechados a Domicilio?

–¿Cómo lo adivinó?

–Nomás hay que escucharte la voz. ¿Conseguiste el whisky?

–Todavía no.

–¿Traes algo?

–Dos cervezas y una bolsa de cacahuates.

–¿Nada más?

–Y un churrito.

–Haberlo dicho antes. Sube.

Tardó los tres minutos de rigor que demoraba el ascensor en completar la subida, tiempo que aproveché para poner a funcionar el suplicio cubano.

–A ese volumen las cucaras no se van –dijo Mao al entrar.

–No importa –le contesté–, Francesca ya está en su departamento, dizque durmiendo, no quiero que nos oiga.

–¿No está exagerando?

–¿Ya viste el grosor de las paredes?

Me entregó las latas de cerveza, calientes, para que las metiera en el refrigerador y se sacó del bolsillo del pantalón un paquetito con tres cacahuates japoneses, literalmente.

–Me dio hambre en el camino –se disculpó.

–¿Y el churrito? –le pregunté.

Abrió el cierre de la mochila y luego otro cierre interior y por fin extrajo la mitad de un cigarrito deforme y aplastado. Al agarrarlo noté que estaba tibio.

–¿También te dieron ganas en el camino? –le pregunté–. ¿Tienes encendedor? Hace mucho que no fumo.

–Ya me di cuenta.

–¿Ah, sí?

–Claro, nomás hay que ver cómo agarra el churrito, eso nomás lo había visto en una película de los Doors.

Agarré el encendedor que me tendía y caminé hacia el refrigerador. A mis espaldas, Mao descubrió el cuaderno que yo había dejado abierto, por descuido, encima del silloncito. De reojo advertí que había comenzado a hojearlo, deteniéndose, me pareció, en los dibujos.

–Están efectivos los dibujos –me dijo–. ¿Nomás dibuja perros y mujeres? Si los dibujara juntos ya sería la perversión perfecta. Aguas, eh, al último que agarraron con estas manías lo acusaron de matar a Colosio. ¿Se acuerda del Caballero Águila? Tenía un cuaderno igualito a éste.

–¿Los maoístas también te enseñaron esas técnicas de metichismo o es pura mala educación?

–Tsss, no se alebreste, abuelo, qué susceptible. Oiga, no se le vaya a ocurrir escribir sobre mí.

200

–Cómo crees, ni que fueras tan interesante.

–Se lo digo en serio, me pondría en peligro a mí y se pondría en peligro usted.

Rescaté del fondo del refrigerador una lata de Tecate que tenía reservada desde un día en que se fue la luz durante horas. Luego saqué de su escondite secreto el medio litro de whisky que me quedaba.

–Entonces te dejó Dorotea, galán –le dije, para cambiar de tema.

Como era de esperarse, perdió interés por el cuaderno, que abandonó encima de la mesita, y pasó a concentrarse en sus penas.

–¿Ya lo sabía? –me preguntó–. ¿Se lo contó el mormoncito?

–Y yo que pensaba que querías infiltrarte en los mormones.

–Pues ésa era la idea.

–¡Y que te sale mal! No contabas con los encantos del buen *Güilen*.

–Le voy a partir la madre a ese pinche gringo hijo de la chingada.

–Cálmate, Mao, pensaba que tenías otro tipo de educación.

–¿Se ofende por las groserías, abuelo? Ahora resulta.

–Me refiero a tu educación sentimental. Te creía hecho de otra madera.

Le pasé la lata de cerveza y me tiré en el silloncito con el vaso de whisky en una mano y el cigarro, ya encendido, en la otra. Levanté el vaso para brindar.

–Por Jorge Negrete –dije.

–Si se burla me voy –dijo en tono lastimero.

–En serio relájate, muchacho, siéntate, el mundo no se va a acabar por una mujer, ni siquiera por una como

Dorotea. ¿Los maoístas no te enseñaron nada del amor? A ver si no vas a acabar estropeando la Revolución por culpa del amor.

–¿Qué chingados tiene que ver el amor con la Revolución? –preguntó, mientras jalaba la silla de Modelo para sentarse a mi lado.

–Tiene todo que ver, el verdadero combatiente no puede tener amarras, ¿tú has visto, en la historia de la humanidad, a un verdadero revolucionario con esposa y escuincles? ¿Eres capaz de imaginarte a un terrorista enamorado? El amor te hace vulnerable, te hace sentir que tienes mucho que perder, te cambia las prioridades, te quita libertad, ¿le sigo?

Se empinó un largo trago de cerveza.

–Está quemada –dijo.

–¡No me digas!, qué mala suerte.

–¿Y usted qué Revolución hizo? ¿La del sesenta y ocho? Que yo sepa no tuvo familia, ¿o sí?

–En el sesenta y ocho yo tenía treinta y tres años, muchacho, la única Revolución que hice fue regalarle tacos a los estudiantes que se aparecían por el puesto.

–¿En serio?

–Nomás unos días, luego se corrió la voz y tuve que dejar de hacerlo, ya sabes lo que dicen, la caridad es un plato sin fondo.

–¿Y entonces?

–¿Entonces qué?

–¿Por qué se quedó solo? Alguna razón debe haber existido, nadie se queda solo nada más porque sí.

–Ve a preguntarle a la gente por qué se casó, por qué tuvo hijos. El mundo está lleno de gente que se casa porque sí, que tiene hijos porque sí, que se divorcia y vuelve a casarse porque sí, ¿qué tiene de raro quedarse solo porque sí?

—Rólelo, ¿no?

Le pasé el cigarro, diminuto, y como había perdido la práctica le quemé los dedos.

—Perdón —le dije—. Mata la bacha.

—Habla como personaje de José Agustín.

—¿Tú leíste a José Agustín? ¿No que no leías novelas?

—Me obligaron a leerlo en la prepa.

Sacó unas pinzas para las cejas de la mochila y prendió con ellas la punta del cigarro para poder fumarse lo que quedaba.

—¿No me va a contar? —preguntó.

—¿Qué?

—¿Por qué no se casó?

—Ya te lo dije.

—¿No será maricón?

—Claro, y ahorita que estés bien pedo y fumado te voy a violar.

—Qué susceptible. Ya ve, seguro hay una historia detrás.

—¿Por qué tiene que haber una historia detrás? ¿Por qué siempre tiene que haber una historia que explique las cosas? ¿Desde cuándo la vida necesita un narrador que vaya justificando las acciones de las personas? Yo soy una persona, muchacho, no un personaje.

—Si no me quiere contar no me cuente, pero no me tire su rollo. Me caía mejor antes que leía puro Adorno, esos libros de teoría literaria le están derritiendo el cerebro.

—A mí también me caías mejor antes, cuando parecía que caminabas bailando una canción guapachosa, ahora vas dando tumbos como de canción ranchera.

El cigarro desapareció, literalmente, entre las pinzas y Mao se recargó en la silla para exhalar, en un bufido, el último toque que había conseguido extraerle.

—Por cierto, ¿cómo van las negociaciones? —preguntó.

–Estamos definiendo fecha y lugar para la primera ronda –le contesté.

–Cámara.

–Oye, no me vayas a perder los *Palinuros*.

–Cómo cree.

–¿Para qué los vas a usar?

–No puedo contarle nada, comprometería la operación.

Se empinó el resto de la cerveza, hizo un gesto de asco y se levantó. La camiseta de Sendero Luminoso lucía más desharrapada de lo habitual, con miles de manchas de diversa procedencia, un extraño agujerito a la altura del ombligo, la costura de la manga izquierda deshilachada, aunque quizá desde el primer día había estado así y yo sólo reparaba en esos detalles ahora porque había fumado.

–Eres el maoísta clandestino menos discreto que conozco –le dije–, hasta parece que quieres que te agarren, ¿eso es lo que quieres?, ¿que te repriman para que tengas un motivo para quejarte?

–¿Lo dice por la camiseta? –me contestó–, es nada más para despistar.

–¿No eres maoísta?

–Cómo cree.

–¿Y por qué me dijiste que eras maoísta?

–Yo no se lo dije, usted llegó solito a esa conclusión.

–*Yuliet* me lo dijo.

–¿Seguro?

–¿No eres maoísta?

–Claro que no.

–¿Y qué eres entonces?

–Esa pregunta ya no importa, abuelo, los tiempos han cambiado. Vivimos en una época post-ideologías, por si no se ha enterado.

–¿Post-ideologías? ¿No eres tú el que se la pasa repitiendo que la novela es un invento burgués?

–Eso no es ideología, abuelo, eso es historia.

–¿Y entonces cómo te llamas, *Mao?*

–Esa pregunta tampoco importa. Además, usted tampoco se llama Teo.

–Entonces no has ido a Perú.

–Lo más cerca que he estado de Perú es un restaurante en la Condesa donde hacen unas papas a la huancaína buenísimas. Hablando de eso, ¿le han dicho que tiene nariz de papa?

–No te pases, *Mao.* ¿Y se puede saber, ya que supongo que tampoco sabes chino, cómo le hiciste para enterarte de que los chinos de enfrente son coreanos? ¿O te lo inventaste todo?

–Usé un traductor del celular, abuelo.

Recuperó su mochila y se la colgó a la espalda, zanjando la conversación y preparándose para salir.

–Ya me dio hambre –dijo.

–Es un buen síntoma –le respondí.

–¿De qué? –preguntó.

–De que no te vas a morir de amor.

–O de que estaba buena la mota.

–Hay unos tacos en la esquina que cierran tarde.

–Pfff, se ven bien rascuaches, han de ser de perro.

–¡No me digas!

La primera negociación se realizó un sábado por la tarde en territorio neutral, elegido por Francesca: un Sanborn's que había frente al Jardín de Epicuro. La mediación sería responsabilidad de Juliette, que había asegurado ser una experta en este tipo de conflictos.

–No será la primera ni la última vez que lo haga –había dicho, al presentar su candidatura.

Cuando Francesca, celosa, quiso objetar un supuesto favoritismo hacia mi causa, ya que éramos amigos, Juliette la interrumpió para defenderse:

–Me ofende, señora –le dijo–, si está sugiriendo que voy a replicar los vicios del Estado corrupto.

Sobre la mesa de negociaciones había una taza de té, para Francesca, y dos cervezas. Antes que nada, yo les advertí que no estaba dispuesto a alargar la negociación por mucho tiempo:

–Más vale que vayamos al grano –les dije–, la cerveza vale treinta pesos.

–La negociación es muy sencilla –contestó Francesca–, vamos a acabar rapidísimo. Usted nos devuelve los *Palinuros* y las lámparas, de lo contrario lo acusaré con la administración del edificio.

–Ya le dije veinte veces –repliqué– que yo no tengo los *Palinuros*. Si los perdieron búsquenlos bien. Ya sabe lo que dicen: el que no busca no encuentra. Ah, y tampoco tengo las lámparas.

–Pues entonces no entiendo qué estamos haciendo aquí –dijo Francesca, mirando a Juliette.

–Déjeme explicarle cuál es la negociación –dije–, usted me devuelve mi *Teoría estética* y yo haré desaparecer una foto que la compromete, si no...

–¿De qué está hablando? –me interrumpió.

–De la fotografía de un muchachito al que usted dejó entrar al edificio por descuido. Me encantaría saber qué opina la asamblea de que su dictadora infrinja sus propias reglas. Estoy cavilando solicitar su dimisión.

–¡Yo no dejé entrar a nadie!

–¡Yo no tengo los *Palinuros*!

–¡Yo no tengo la *Teoría estética*!

–Señores –intervino Juliette–, vamos a tranquilizarnos. Les sugiero que construyamos juntos un escenario hipotético para iniciar el diálogo. Es un ejercicio de la imaginación, ¿de acuerdo?, no hace falta que se apresuren a desmentirlo.

Francesca asintió y yo di un sorbito minúsculo a la cerveza, nada más para enjuagarme la boca.

–Vamos a imaginar –siguió Juliette– que la señora tiene en su poder el ejemplar de la *Teoría estética* que pertenece al señor.

–Aunque no lo tengo –dijo Francesca.

–Ya le dije que es una hipótesis –dijo Juliette–, déjeme acabar. Vamos a imaginar, también, que el señor tiene los ejemplares del *Palinuro* y las lámparas que pertenecen a los tertulianos. Es más: vamos a imaginar otra cosa. Mejor vamos a imaginar que no los tienen, como ambos afirman, pero que podrían llegar a tenerlos, ¿entendieron? Ustedes no los tienen, pero, si se llegara a un acuerdo amistoso, podrían llegar a conseguirlos. Basados en esta suposición, ¿se sentirían cómodos en realizar un intercambio?

—No puedo dar lo que no tengo —dije.

—Yo tampoco —dijo Francesca.

—Pero a la mejor lo que sí pueden hacer es indicarle al otro dónde puede encontrar lo que anda buscando. Sería un intercambio de información.

—Le voy a decir lo que sí puedo entregarle al señor —aseguró Francesca.

Metió la mano a su bolso y rescató una hoja de papel doblada, que me tendió.

—¿Qué es esto? —pregunté.

—Léalo —me contestó.

Era una fotocopia de un certificado médico que aseguraba que yo no tenía «capacidad legal» y no era «pasible de juicio» porque padecía alcoholismo y senilidad.

—¡Este documento es falso! —grité.

—Es un documento oficial —dijo Francesca—, lo solicitó la Sociedad Protectora de Animales y gracias a este certificado usted se libró de una multa. ¿Sabe lo que sucedería si yo le entrego este documento a la administración del edificio? Usted conoce muy bien las reglas, con este papelito yo lo mando a un asilo.

Vi adentro de mi cabeza la cabeza de papaya del Cabeza de Papaya y me imaginé volviéndola puré a mazazos, o cortándola en cachitos con un cuchillo enorme de carnicero.

—¡Esto es una injuria! —grité—, me levanto de la mesa. No hay negociación.

Acto seguido, y sin esperar réplica, me fui, principalmente porque no estaba dispuesto, encima, a tener que pagar la cuenta. Al día siguiente, como era de esperarse, el Cabeza de Papaya no acudió al taller literario de la cantina. El lunes, con la ayuda de Juliette, que llamó a Dorotea, conseguí el teléfono del Cabeza de Papaya. Después de tomarme de Hidalgo dos tequilas, lo llamé con la furia abrasando mis venas:

–¡Traidor! –le grité en cuanto atendió.

–¡Saboteador!

–¿¡Cómo pudiste ser capaz de algo tan bajo!?

–Eso mismo digo yo, usted sólo quería obstruir la escritura de mi novela. ¿Sabe que después de una sola sesión con Francesca ya tengo el primer capítulo?

–¡Me vendiste por una novela!

–¡Búsquese otro que le pague las copas!

–¡Papayón!

Escuché que cortaba la llamada y la sola perspectiva de acabar en un asilo me hizo beber aquel día hasta la inconsciencia.

–¿Me dejas dibujarte?

–Mañana.

–¿Puedo agarrarte la mano?

–Mañana. ¿Tú no ibas a buscarte otro trabajo?

–Mañana. ¿Puedo darte un beso?

–Mañana. ¿No habías dicho que lo del puesto de tacos era temporal?, ¿cuándo vas a dejar de ser un taquero?

–Mañana. ¿Quieres casarte conmigo?

–Mañana. ¿Por qué no te inscribes en la universidad
para estudiar algo útil?

–Mañana. ¿Me dejas entrar a verte mientras posas?

–¿Te pones caliente, Teo?

Puñetas yendo y puñetas viniendo, así se pasaba la
vida.

Nuestros cuerpos flotaban en un paraje desértico, adornado, por aquí y por allá, de árboles secos que parecía que en cualquier momento, por el arte de un hechicero, cobrarían vida, árboles secos que en lugar de reverdecer, de llenarse de hojas, amenazaban con sacar sus raíces de la tierra para ponerse a caminar, árboles secos con ramas como brazos, monstruos sacados de una pesadilla infantil, árboles muertos en vida. En el horizonte se veían unos cerros pedregosos y arriba en el cielo unas nubes insólitas, unas nubes cuyos designios ni un meteorólogo ni un crítico de arte sabrían descifrar.

Yo apretaba mis manos para tranquilizar a Marilín, porque tenía el presentimiento de que ella me acompañaba, pero apretaba la nada, Marilín no estaba conmigo. En cambio, veía al Hechicero de espaldas, moviendo delicadamente el brazo derecho del que brotaba, a pinceladas angustiosas, el paisaje en derredor. Terminaba de pintar un árbol y flotaba hacia mí con la paleta y el pincel en las manos. Se ponía a mirar el paisaje como si mirar el paisaje fuera una orden, *¡mira el paisaje!*, me ordenaba con la mirada, *¡mira el paisaje!* Yo miraba el paisaje y deseaba no estar allí, en ese apocalipsis prehumano, era como si la vida en la tierra se hubiera acabado antes de empezar, como si algo hubiera fallado en la evolución y la vida se estuviera extinguiendo sin haber alcanzado a producir ni siquiera un renacuajo, el mundo se iba a acabar y el único vestigio eran esos árboles compungidos.

El Hechicero respiraba profundo y yo respiraba profundo y en ese mundo no olía a nada que no fuera el olor aceitoso del óleo.

–¿Dónde está Marilín? –le preguntaba.

–Marilín, Marilín... –me respondía.

Él estiraba la cabeza hacia el frente, atravesando la vertical del lienzo y al imitarlo yo podía ver su habitación. En la cama, enredada entre las sábanas sudadas, yacía Marilín atada de pies y manos, muda por la acción opresora de un esparadrapo en la boca. En las paredes había cuadros de naturalezas muertas con frutas, duraznos que eran nalgas, sandías y pitahayas que eran vaginas, y en la cabecera de la cama una papaya cortada al medio mostrando obscenamente su vientre gelatinoso.

Yo metía la cabeza de vuelta al lienzo impulsado por una furia vertiginosa que mi cuerpo vetusto no podía corresponder. Mi puño abanicaba lentamente en la atmósfera estática del paisaje apocalíptico.

–Tranquilo, compadre, no te pongas así –me decía.

–¡Suéltala! –le gritaba.

–Eso depende de ti. Si cumples con tu parte no le va a pasar nada, te lo prometo. No quería llegar a estos extremos, pero es que no entiendes.

–¿Qué quieres que haga?

–¿No lo has entendido?

–¿Cómo voy a entenderlo si no me has pedido nada?

–¿Hace falta que te lo diga? ¿Vas a echar a perder la

carga simbólica de un sueño para conformarte con la literalidad?

—O podemos jugar a las adivinanzas.

—Eres medio lento. Muy lento, más bien.

—¿Y?

—¿Y qué?

—¿Qué es lo que quieres?

—¿De verdad no lo entiendes? ¡Quiero que escribas una novela sobre mí!

—¡Yo no escribo novelas!

—¡Y dale con eso!

—Yo lo que quería era ser pintor, artista plástico, nunca me interesó la literatura.

—*Querías* ser pintor, *querías* ser artista, pero no lo fuiste.

—¡Tampoco soy escritor!

—Pero tienes temperamento artístico, que es lo que importa. Cuando se tiene temperamento artístico se puede usar por igual para la música que para la pintura o la literatura. Déjame que te enseñe algo.

Entonces el Hechicero abandonaba la paleta y el pincel en la rama de un árbol, que los acogía como si tuviera dedos, y metía las manos a los bolsillos del pantalón, de donde iba a extraer una galleta china de la suerte. Extrañamente, yo sabía que era una galleta sin haberla visto, como si estuviera en mi bolsillo, y sentía los dedos cadavéricos del Hechicero hurgando en mis ingles, no en las suyas, y el susto y las cosquillas me hicieron despertar.

Estaba tan borracho, todavía, que decidí mejor no levantarme, aunque eso era lo que mi cabeza me pedía, ir al baño, lavarme la cara, tomar un vaso de agua. En vez de eso me quedé acostado con los ojos abiertos, viendo girar la oscuridad, y en un determinado momento, antes de caer de nuevo en el sueño, escuché con claridad que la puerta de la entrada de mi departamento se abría, sigilosamente, y que después de un momento se cerraba. Saqué el brazo de debajo de las sábanas y lo estiré para encender la luz del cuarto. Aguanté la respiración para detectar cualquier sonido que proviniera de la sala: nada, sólo el trajinar habitual de las cucarachas. Influido por el estado de duermevela, me agaché y rescaté la caja con las galletas chinas, para completar el sueño. Rasgué la envoltura, partí la galleta a la mitad, extendí delante de mis ojos el papelito: *El futuro ya no es como era antes*. Apagué la luz y volví al sueño inquieto, agudizado por la incomodidad de las migajas de las galletas, que se habían esparcido por las sábanas.

Cuando recordé por la mañana el ruido de la puerta de la entrada me puse a analizar, hasta donde el dolor de cabeza me lo permitía, si faltaba algo en el departamento. No descubrí nada. Tomé las pastillas de rigor y salí del departamento con la intención de aclararme las ideas, y la cruda, en la verdulería.

En el zaguán había un ambiente tétrico: los tertulianos se miraban las manos y comentaban, entre suspiros, algunos episodios del *Palinuro* que les habían gustado especialmente.

—¿Y ahora quién se murió? —les pregunté.

—No se le olvide —me contestó Francesca—, tiene veinticuatro horas.

Entré a la verdulería sin poder evitar que el sol me provocara unas punzadas en la frente que casi me arrojaron al vómito. Nunca había agradecido tanto la penumbra de la trastienda y su atmósfera tibia. Juliette levantó la vista del periódico cuando escuchó el ruido de mis pasos tropezados.

—¿Ya viste? —dijo, refiriéndose a lo que acababa de leer

214

en el periódico–, desalojaron dos kilómetros alrededor del Monumento, dicen que la grieta está avanzando.

–¿Me ofreces algo para beber? –le supliqué.

–Te ves bien perjudicado, Teo, hasta acá hueles.

–¿Me ofreces una cerveza o no?

–Cálmate, caballero, te ofrezco una cheve, ya sabes que sí, pero creo que también necesitas comer algo. ¿Pido que nos traigan unos tacos de barbacoa? A mí ya me andan rugiendo las tripas.

Le dije que sí, le di un billete de veinte pesos y me aplasté en una silla, al lado de donde había estado sentada Juliette, que ahora caminaba rumbo a la entrada de la verdulería para hacer el pedido, tacos y cerveza, a gritos. Volvió, colocó el periódico abierto encima de una mesa y se sentó de nuevo.

–Ya nomás con respirar me voy poniendo de ambiente –me dijo.

–Francesca se metió en la madrugada a mi departamento.

–¿Te quería violar?

–Oye, es en serio.

–¿Estás tan crudo que se te quitó lo payaso?

–No estoy para payasadas.

–Déjame te doy una pastilla.

–Ya tomé algo.

–¿Cómo sabes que Francesca se metió?, ¿la viste?

–No la vi, pero escuché el ruido de la puerta cuando se abría y cuando se cerraba, estaba medio dormido, no pude levantarme.

–Quizá si no tomaras tanto...

–¿Si no tomara tanto Francesca no se metería a mi departamento?

–Si no tomaras tanto te habrías levantado y la habrías

agarrado con las manos en la masa. Eso, suponiendo que se haya metido. Estás paranoico, ¿para qué se iba a meter?

–Para buscar los *Palinuros*.

–Lo hubiera hecho antes, ahora no tiene necesidad, te tiene agarrado de donde ya sabes.

–No te pases, *Yuliet*.

–No me paso, ésa es la verdad, ni modo.

–Por cierto, ¿hablaste con Dorotea?

–Me prometió que le daría el recado.

–¡Te pedí que me consiguieras el celular de Mao!

–Dorotea no quiso dármelo, dijo que era por nuestra seguridad.

–¡Cómo les gusta jugar a los chiquillos!

–¿Y a ti no?

Un escuincle entró a la verdulería cargando dos platos desechables con tacos y una caguama.

–Aguanta –me dijo Juliette–, no te los comas, te voy a dar un chile serrano, para que te alivianes.

Sirvió dos vasos de cerveza y me tendió el chile después de frotarlo entre sus dos manos para que se pusiera más violento. Luego comimos en silencio. Ella masticaba y masticaba y yo masticaba y sudaba, empapado de pies a cabeza. La cerveza obró el milagro de devolverme a un estado más cómodo que el de la cruda: la borrachera. Juliette me trajo un rollo de papel del baño para que me limpiara el sudor de la cara y para que me sonara lo que empezaba a escurrirme por la nariz de papa. Al sonarme, pensé en que nunca le había preguntado a Juliette, que al fin y al cabo era experta en ese tipo de cosas, si era verdad que mi nariz tenía la forma de un tubérculo.

–Oye, ¿de qué tengo nariz? –le dije.

–¿De veras quieres que te diga?, andas de un humorcito...

216

–¿De papa?

–Sí, pero como de papa peruana, ¿las has visto?, esas papas coloradas.

Le pasé el vaso para que me sirviera otra cerveza y al agarrarlo se quedó mirándome como calculando el tamaño y la naturaleza de mi urgencia.

–¿Por qué no te vas a acostar de nuevo? –me sugirió–. Un sueñito te vendría muy bien ahora.

–Lo que menos quiero ahora es dormir –le respondí–, últimamente estoy teniendo unos sueños muy raros.

–¿Sueños eróticos?

–Estoy hablando en serio, ¡carajo!, ¿por qué todo tiene que ser payasada?

–Porque nosotros siempre nos la pasamos en la payasada y, discúlpame, pero si a payasadas vamos tú eres el rey de los payasos. Ahora, que si quieres ponerte serio, pues ponte serio, ándale, cuéntame tus sueños.

–No quiero contarte mis sueños, capaz que luego te pones a interpretarlos.

–Sería tu culpa.

–¿Ah, sí?

–Claro, por regalarme ese libro tan mafufo.

–¿Lo estás leyendo?

–A ratitos, antes de dormir, es como una película de terror. Espera.

La vi atravesar el patiecito y meterse a su cuarto y luego, al poco tiempo, volver hojeando el libro, buscando algún fragmento. Se paró delante de mí, dio la vuelta a varias páginas y por fin dijo:

–Aquí está. Escucha.

Y leyó: *En nosotros existe también un ángel oscuro, una consciencia que brilla en la oscuridad y que tiene una conexión a priori con el inframundo a través de los perros hus-*

meadores y la brujería, las lunas negras, los fantasmas, la ba-
sura y los venenos.

Giró la página y dio la vuelta a otra y a otra, intentando localizar otro fragmento.

–¿Y no te dan pesadillas? –le pregunté.

–Cómo crees: todas las noches sueño con la Coatlicue.

Mao entró en la cantina arrastrando la maleta de rue-
ditas en la que se había llevado los *Palinuros*. Eran casi las
ocho de la noche y yo había perdido la cuenta de los tragos hacía un buen rato, de pura angustia: tan lejos de mi
Teoría estética y tan cerca del asilo. Se sentó en la silla de
enfrente y se puso a flexionar el brazo derecho, con el que
había venido jalando el cargamento.

–Carajo, Mao –le dije–, era urgente, ¿no te dio el recado Dorotea?

–Apenas ayer ejecutamos la operación –respondió–,
tuvimos que adelantarla por sus presiones.

–¿Y?

–Éxito total.

–Estoy hablando de los *Palinuros*, tus operaciones me
importan un pepino, ¿los tienes?

–Están en la maleta. ¿Me invita una chela?

–Págate tus cervezas, muchacho.

Le gritó al cantinero que le sirviera una Victoria y me
miró intensamente, tenía tantas ganas de contarme lo que
había sucedido que parecía que las palabras iban a empezar a salírsele de la boca como pelotitas.

–¿De veras no quiere que le cuente? –me preguntó.

–¿No era una operación clandestina? –contesté.

–Usted contribuyó con la causa, merece saber.

–No te confundas, yo no tengo causas, yo tengo problemas, desde la última vez que nos vimos las cosas se han complicado mucho.

Debió de verme tan abatido que hasta tuve la impresión de que le daba lástima y las rastas se le aplacaban, deprimidas.

–¿Hay algo en lo que pueda ayudarle? –preguntó.

–Por lo pronto –le respondí– te esperas conmigo hasta que los tertulianos se vayan a dormir para llevar los *Palinuros* al departamento. Luego me vas a ayudar a entregarlos.

–Lo que usted diga, abuelo.

Bebimos dos o tres cervezas más, durante las que me dediqué a contener la verborragia de Mao, empecinado en hacerme cómplice verbal de sus travesuras, y luego lo mandé a que echara un ojo al zaguán. Volvió y dijo:

–Está limpio.

Ya en el departamento, abrí la maleta para corroborar su contenido y ahí estaban los *Palinuros*, todos maltrechos: las esquinas de las tapas estaban aplastadas, los volúmenes se veían descentrados, con algunas páginas sueltas, y en la portada de uno aparecía, estampada, la huella de un zapato.

–Carajo, Mao, ¿qué hiciste?

–¿No que no quería que le contara?

–No quiero que me cuentes nada, ¿pero por qué están tan madreados?

–Los usamos como armas en la operación, abuelo.

–¿Qué operación? ¿Guerrita de *Palinuros?*

–¿Le cuento o no le cuento?

220

–Cuéntame lo mínimo, ya tengo suficientes líos.

–Lo mínimo es que secuestramos un perro.

–¿Un perro?

–Pero no es un perro cualquiera: es el perro del hijo del hombre más rico del mundo.

–¿No se había muerto el perro?

–Tenían otro: la parejita del labrador. En unos días vamos a pedir el rescate.

–Ya te dije que no quiero saber nada. Ahora vamos al Jardín de Epicuro.

Al día siguiente, Juliette le comunicó a Francesca las condiciones de la entrega. El papelito que encontré en mi buzón de correspondencia informaba que la *Teoría estética* estaba en mi departamento, debajo de la cama. La encontré embutida dentro de la caja donde guardaba las galletas chinas. Por su parte, los tertulianos rescataron los *Palinuros* de entre los arbustos del Jardín de Epicuro. Como la crisis de abstinencia estaba en un punto álgido, en el acto se instalaron a leer en las bancas. Ahí los detuvo la policía: usando los *Palinuros* maltrechos como prueba, los acusaron de posesión de arma usada en tentativa de homicidio y de privación ilegal de la libertad canina.

El perro no había parado de arañar la puerta de mi cuarto, lo cual significaba que mamá había salido de casa sin llevárselo. Yo odiaba a ese perro como a ningún otro, incluso más que al perro que había provocado que mi padre se fuera de casa, incluso más que a Solovino, e incluso antes de que se convirtiera en el símbolo definitivo de lo funesto. Era un chucho nervioso, que parecía que iba a tener un ataque al corazón hasta cuando estaba durmiendo: estiraba las patas, temblaba, ladraba y gruñía a enemigos oníricos. Mi madre lo había nombrado Ochentaytrés, el año en el que lo había adoptado, porque cuando lo había traído a casa, un par de semanas después del deceso del anterior, mi hermana había dicho que en nuestra vida las épocas las marcaban los chuchos de mamá. Era verdad, cuando recordábamos episodios de nuestra historia, no decíamos: eso fue en los sesenta, o en los cuarenta, ni, mucho menos, antes o después de que se hubiera ido papá, que había sido el verdadero parteaguas de la historia familiar. Decíamos, quizá por evasión: eso fue en la época de Solovino. O en la época de Mercado, aquel perro del pelo sedoso que había acabado muriendo, lo aclaro en mi descargo, de una infección urinaria que se le extendió por todo el cuerpo y lo dejó hinchado como un globo (e inservible a usos gastronómicos).

Ochentaytrés se había vuelto anacrónico un año después, en el ochenta y cuatro, y para el momento en el que estaba rascando la puerta de mi cuarto, bien entrado el ochenta y cinco, era una calamidad que ponía a prueba mi paciencia y me hacía dudar, seriamente, si el perro alcanzaría el ochenta y seis.

Por aquella época yo dormía, o intentaba hacerlo, hasta el mediodía, porque me iba a la cama como mínimo a las tres de la madrugada, después de cerrar el puesto a la medianoche, a la una los fines de semana, después de limpiar y tirar la basura, después de empujar el puesto hasta una cochera en la que pagaba para que me lo guardaran, y después de tomar dos o tres tragos, que a veces resultaban ser cuatro, o cinco, en alguna de las cantinas de los alrededores. Mi hermana salía a trabajar temprano y mamá iba y venía haciendo mandados para intentar llenar las horas del día como hace cualquier persona desocupada. Perros yendo y perros viniendo, se había pasado la vida: yo tenía cincuenta años y mi hermana cincuenta y uno. Después de mi padre, nadie se había atrevido a irse de casa.

Me levanté de la cama cuando la cruda me permitió recordar que aquella mañana mi madre iba a ir a uno de los pocos lugares adonde no podía ir acompañada del perro: al médico. El chucho no iba a dejarme en paz hasta que lo sacara a orinar. Fui a la cocina a tomar un vaso de agua y sobre la mesa encontré los resultados de los estudios que le habían entregado a mi madre el día anterior, el diagnóstico que decía que, contra su opinión, mamá no padecía ninguna afección cardiaca. Había dejado los resultados olvidados en casa a propósito, para que la segunda opinión que pediría ese día, según ella, no estuviera condicionada. Es decir, para que no le dijeran que era una hipocondriaca y la mandaran de vuelta a casa sin practicarle más estudios.

Iban a ser las once, me puse la ropa del día anterior y, perseguido por Ochentaytrés, salí al pasillo de la vecindad, donde encontré a todos los vecinos, absolutamente todos, formando grupos que se hacían y deshacían, los radios a todo volumen, las puertas de las casas abiertas, las televisiones encendidas. Mi desconcierto duró un segundo y se transformó en estupor cuando vi que Marilín se acercaba. Rencores yendo y rencores viniendo, hacía veinticinco años que no nos dirigíamos la palabra.

Considerando su legendaria coquetería, algo muy grave debía de haber pasado: tenía el rostro lavado y vestía un conjunto de blusa y pantalón que bien podría ser una pijama. Desprovista de maquillaje, las arrugas en su rostro eran la evidencia de todo aquello que yo no había querido ver hasta entonces y que, de hecho, seguía sin querer ver.

–¿Dónde está tu mamá? –me preguntó.

–En el médico –le contesté–, ¿qué pasó?

–¿No te enteraste? ¡Tembló!

–Estaba durmiendo.

–Llevo tocando toda la mañana en tu casa.

–No escuché. Tengo el sueño pesado.

–Quizá si no tomaras tanto...

–¿Si no tomara tanto no habría temblado? ¡No me digas!

–¿Adónde fue tu mamá?

–Al médico.

–¿Adónde?

–No sé, creo que al Hospital de Cardiología.

–¿Estás seguro?

–No sé, no sé, creo que sí.

224

—Dicen que se cayó el Centro Médico.

—¿Quién dice?

—No sé, en la radio, o en la televisión.

—Voy a hablarle a mi hermana.

—¿Adónde?

—Al trabajo.

—No funcionan los teléfonos.

Abandoné a Marilín y entré de vuelta a casa sin preocuparme por Ochentaytrés, que de todas maneras vino atrás de mí, histérico ahora sí con razón, contagiado por la histeria colectiva. Fui a encender la televisión y entonces descubrí el papelito encima con el recado: *Acuérdate que hoy voy a Cardiología. No sé cuánto voy a tardar, saca a Ochentaytrés para que haga sus necesidades. Si tengo algo grave y me tienen que internar, no te vayas a olvidar de ponerle comida en la noche. Me va a acompañar tu hermana.*

Me presenté en la delegación, acompañado por Dorotea y Willem, y declaramos que los *Palinuros* habían estado desaparecidos el día del delito y que los tertulianos acababan de recuperarlos cuando fueron detenidos. Llevé el dinero para pagar la fianza, una cantidad que equivalía a dos años de vida. No me pesaba hacerlo, no en ese momento: cinco o seis años más, en vez de siete u ocho, o tres o cuatro, en vez de cinco o seis, me parecían lo mismo. Además, cabía la posibilidad de recuperar la fianza, si los tertulianos resultaban absueltos. Menos probable era que alguna vez les devolvieran los *Palinuros*, que habían pasado a convertirse en la evidencia de un crimen.

Esperamos a que los dejaran libres y cuando salieron no hubo abrazos ni escenas de alivio, sólo un entrecruzar de miradas a medio camino entre el odio y el agradecimiento, si es que hay un camino que une ambos sentimientos. Habíamos venido en taxi y, como ahora éramos marabunta, sugerimos que volviéramos en metro. Alguno de los tertulianos, uno que a lo largo de toda esta historia no había dicho ni hecho nada para diferenciarse, dijo que había trabajado en ese rumbo, que él nos podía guiar hasta la estación del metro. Fuimos caminando, en silencio, Dorotea y Willem agarraditos de la mano, yo calculando el momento en el que podría soltar un chascarrillo para que dejáramos de parecer procesión de funeral. Esperé dos cuadras y dije:

—Los extrañamos mucho.

—¿Por qué lo hizo? —preguntó Francesca.

¿Por qué hice qué?, pensé. ¿Prestar los *Palinuros* para ejecutar un crimen y luego devolverlos llenos de evidencias que los inculpaban o hacer como que no sabía nada y decir que todo había sido una confusión?

—¿Por qué hice qué? —pregunté en voz alta.

—Pagar la fianza —contestó—. No tenía que hacerlo, ya estábamos reuniendo el dinero. Yo le voy a pagar lo que me coresp...

—No se equivoque, *Franchesca*, no lo hice por lo que se imagina.

—¿Qué me estoy imaginando?

—Que me ablandé, que me siento culpable, que creo que estoy en deuda con ustedes.

—¿Y no?

—Claro que no.

—¿Entonces?

—Es una negociación. La verdadera negociación. Usted desaparece el certificado médico y yo no voy a informar a la administración del edificio que la presidenta de la asamblea está siendo investigada por un delito.

—Un delito del que soy inocente.

—Por eso pagué la fianza.

—Porque se siente culpable.

—Porque si los *Palinuros* no hubieran desaparecido nada de esto habría pasado.

—No sabía que tenía un sentido de la justicia.

–Venga esta noche a tomar un whisky y le explico todo lo que sé de la justicia y de los ajusticiamientos, empezando por las catacumbas del Imperio Romano.

–Pervertido.

–Así me gusta.

Continuamos la caminata en silencio. Era aquella hora de la tarde en la que el único remanente del sol era el calor que subía del asfalto, miré hacia el horizonte, entre los edificios, y entonces descubrí el autorretrato estampado en una lona de plástico que colgaba de la pared de un antiguo palacio colonial.

–¡ESPEREN! –grité.

Todo el mundo se detuvo en seco, imaginando que un peligro acechaba, un coche desbocado, un perro rabioso.

–¿Qué pasa? –preguntó Willem.

–¿Qué pasa? –preguntó Francesca.

–¿Qué pasa? –preguntó Dorotea.

–¿Qué pasa? –preguntó el coro de los tertulianos.

Leí la publicidad de la exposición: *La naturaleza herida. Manuel González Serrano. 1917-1960.*

–Es él –les contesté.

–¿Quién? –preguntó Willem.

–El Hechicero.

Jalé del brazo al tertuliano anónimo que nos había guiado hasta ahí y, pellizcándolo para comprobar que no estaba soñando, le pregunté:

–¿Tú cómo te llamas?

–Yo me llamo Virgilio.

Y entonces un día, como era de esperarse, como era normal, papá se murió de verdad. Me lo explicó una mujer por teléfono, del Servicio Médico Forense de Manzanillo, y, aunque los cálculos de la edad de mi padre hacían más probable que fuera verdad, yo no estaba dispuesto a caer de nuevo en la trampa. Le aseguré que necesitaba el acta de defunción para hacer un trámite antes de viajar y me la enviaron por fax, a la papelería que estaba enfrente del edificio adonde me había mudado y donde vivía por aquel entonces, solo. Ironías de la vida: antes de la muerte verdadera de papá, yo había vivido la desaparición de mi madre y de mi hermana. El fax había llegado borroso, todo movido, pero podía verse el escudo del gobierno de Colima y la mitad del nombre de mi padre. Una verdad a medias, por lo pronto, que me obligaba a la confirmación.

Subí a un autobús y doce horas después llegué a Manzanillo. En la estación camionera no me estaba esperando nadie. Me dirigí a la morgue para enterarme de que mi padre de verdad estaba muerto y de que se había suicidado. Había tomado cianuro y, además, una supuesta fórmula de conservación que retrasaría la pudrición del cadáver. Lo explicaba en una carta que me había dejado, la carta del suicida. En ella, mi padre había escrito, con tinta roja y letra temblorosa y pegadita, tan inclinada a la derecha que las frases simulaban habérsele adelantado a petatearse, un mensaje que demoré horas en descifrar, sentado en la sala de espera de la morgue, mientras aguardaba a que liberaran el cadáver: *Llegó la hora, la hora perfecta. Me llevas contigo de vuelta al DF y me entregas al Semefo. Al colectivo de arte, eh, no al Semefo verdadero. Vi una exposición tremenda que hicieron en Colima la semana pasada: había botes de sangre humana y retratos de cadáveres. Habla con Teresa Margolles, a ver qué se le ocurre.*

Esa misma noche alcancé a incinerar su cuerpo y al día siguiente le pagué a un pescador para que me llevara mar adentro. Cuando estuvimos lo suficientemente lejos de la costa, entregué las cenizas de mi padre al océano Pacífico.

—¿Quién era? —me preguntó el pescador.

—Mi padre —respondí.

El hombre se movía al ritmo en el que la barca se mecía, hombre y barca sincronizados por la rutina de la soledad de la pesca. Cerré los ojos para tratar de recordar a mi padre cuando era joven, pero todo lo que me vino a la cabeza fue la imagen de un vaso con el logotipo de una marca de cerveza en el que solía enjuagar sus pinceles, el agua eternamente turbia. El pescador interrumpió mi ensoñación:

—Mejor no vea —me dijo.

Por supuesto abrí los ojos y dirigí la vista a la superficie del mar: un cardumen de peces devoraba los restos de mi padre.

—¿Le molesta? —preguntó el pescador.

Estaba desenrollando una red.

Le dije que no.

Y aprovechó para ponerse a pescar.

230

De pie frente a las paredes de la exposición, flanqueado por Dorotea y Willem, que se habían quedado conmigo para acompañarme, comencé a leer los textos que acompañaban a los cuadros colgados, pellizcos que, sin embargo, no conseguían hacerme despertar: *Nacido en Lagos de Moreno, Jalisco, en 1917, Manuel González Serrano perteneció a la* Otra cara de la Escuela Mexicana de Pintura, *también llamada* Contracorriente. *Tuvo su etapa más prolífica en la década de los cuarenta y durante la primera mitad de los cincuenta del siglo pasado y, al cabo de una vida marcada por numerosos episodios de reclusión en hospitales psiquiátricos, falleció en calidad de indigente, en plena calle, en el centro de la Ciudad de México.*

El museo zumbaba agitadamente porque ya iba a ser hora de cerrar, cada una de las salas rebosaba con la afluencia habitual: señoras copetudas sin criterio que no se perdían ninguna exposición, muchachitos que copiaban los títulos de las obras en sus cuadernos para comprobarle a sus profesores la asistencia, grupos de jubilados cumpliendo la agenda semanal, turistas extranjeros sedientos de su dosis de exotismo y predispuestos a malinterpretar,

231

parejas de jóvenes que al salir irían a tomar un helado. Yo me iba escabullendo de la multitud que se agolpaba frente a los cuadros, más pendiente de llegar al siguiente texto, como si esos textos fueran el capítulo final de un libro donde fuera a explicarse el significado de la historia, el sentido de mi vida: *El Hechicero continúa siendo en buena medida un artista desconocido debido a la escasa o nula inclusión de su producción en los acervos museográficos públicos, en los guiones curatoriales de las exhibiciones temporales y en la bibliografía que versa sobre la pintura mexicana de la primera mitad del siglo XX.*

Dorotea y Willem se daban cuenta de mi turbación y me perseguían preguntando a cada momento:

—¿Se siente mal?

—¿*Quierrre* que le consiga un vaso de agua?

Y yo decía:

—Mira, *Güilen*, lee esto.

Y leía: *una vez establecido en la capital del país durante la primera mitad de la década de los treinta, abandonó muy pronto los estudios iniciados como oyente esporádico en San Carlos y La Esmeralda.*

—¿Y esto qué *quierrre* decir? —preguntaba Willem.

—Esporádico quiere decir de vez en cuando —le respondía.

—No hablo de eso. *Quierrro* decir que qué *quierrre* decir todo esto, la exposición. ¿*Quierrre* decir que sí hay *memorrria* para todos? ¿Que la *historrria corrrige* sus *errrorrres*?

—No sé, *Güilen*, esto no es una novela, esto es la vida, no es tan sencillo de explicar.

Abandonamos el museo cuando los guardias nos echaron y fuimos caminando, yo trastabillando, siguiendo las instrucciones que Virgilio nos había dado, rumbo a la estación del metro. Durante el trayecto, palpaba con ambas manos el folleto de la exposición, que me había traído para confirmar, al día siguiente, y al siguiente y al siguiente, que aquello en verdad había sucedido. Caminábamos en silencio, roto de vez en cuando por el tronar de los besos que se propinaban los tortolitos.

Desde dos cuadras antes de llegar al metro se alcanzaba a ver la aglomeración: la estación parecía estar cerrada. Entre marabunta, encontramos a los tertulianos debatiendo la manera de volver al edificio.

—¿Qué pasa? —preguntamos.

—Está cerrado el metro —informó Hipólita.

—Todo el metro —puntualizó Francesca—, dicen que la ciudad es un caos.

Nos fuimos entrometiendo en las conversaciones de alrededor, por aquí y por allá, hasta tener un compendio de rumores. Decían que la tierra había crujido y que la grieta del Monumento a la Revolución se había extendido y atravesaba Avenida Insurgentes y Paseo de la Reforma completos. Decían que la muchedumbre se había reunido en torno al monumento, en principio para chismear, pero que la cosa estaba derivando hacia un levantamiento. Decían que el Monumento a la Revolución había colapsado. Que el metro estaba cerrado por seguridad y no abriría pronto.

—Yo sé cómo volver caminando —aseguró Virgilio, y nos pusimos a seguirlo.

Fue casi una hora de recorrido, al ritmo apesadumbrado que nos imprimían las várices de unas, los juanetes de otros, las arritmias de unos cuantos, el aliento escaso de todos. Presenciamos un embotellamiento que comprendía a la ciudad entera y del que no había manera de escapar, salvo abandonando el coche. Fuimos viendo cómo la gente se echaba a la calle y escuchamos el clamor subterráneo de algo que estaba despertando.

Al llegar al edificio, cerca de las ocho de la noche, había tres camionetas cargando jitomates podridos de la verdulería. Juliette se asomó para gritarme:

–¡Llegó el día, Teo! ¡Llegó el día!

Willem me llamó aparte y me habló con discreción, la plaquita con su nombre temblando al lado del corazón:

–¿Puede prestarme su departamento?

Le di las llaves y lo vi atravesar el zaguán, agarradito de la mano de Dorotea, y no pude evitar sentir un estremecimiento: la historia iba a escribir una página gloriosa. El portal se cerró y me quedé parado en la banqueta.

–¿Vienes? –me preguntó Juliette, que se preparaba para cerrar la verdulería.

–¿Adónde? –le contesté.

–La gente se está juntando en la Plaza de la Ciudadela.

–Yo no estoy para esos trotes, *Yuliet*, voy a tomar una cerveza a la cantina.

Se carcajeó feliz y por un instante me pareció que para ella la Revolución era una fiesta de carnaval en la que ella iba a ser la reina, pero se estaba riendo de otra cosa.

–De veras que eres un pervertido, Teo –me dijo.

–¿Por qué? –le pregunté.

–¿Cómo por qué? –dijo, dirigiendo la vista hacia mi entrepierna–, mira nada más, ya te mojaste los pantalones.

Caminé hasta la cantina de la esquina, entré y me fui directo al baño para restregar mi ropa con un pedazo de papel empapado. Una vez que logré el efecto de parecer que me había orinado, salí y pedí una cerveza y un tequila y me senté para ver entrar a Mao, que arrastraba la maleta en la que habían ido y venido los *Palinuros*, como un bólido descontrolado rumbo a mi mesa.

–¡¿Dónde está Dorotea!? –gritó.

–Te estás perdiendo la Revolución, muchacho –le dije.

—¿¡Dónde está!?

—Ya lo sabes, está con *Güilen*.

—¡Voy a partirle su madre al mormoncito!

—Relájate, Mao, acuérdate de lo que hablamos el otro día.

Se aplastó en la silla de enfrente, derrotado, pero comenzando a engañarse pensando que esa derrota, de verdad, no era la importante. Daban ganas de darle palmaditas en la espalda.

—¿Me invita una chela? —preguntó.

Le grité al cantinero que le trajera una cerveza y un tequila. Esperamos en silencio. Trajeron las bebidas y sorbió un largo trago de cerveza.

—Soltamos al perro —dijo.

—Ya te dije que no quiero saber nada, cuanto menos sepa, mejor, por lo pronto los tertulianos están libres, no compliquemos más las cosas.

—Nada más quiero que sepa que abortamos la operación.

—Bien —dije.

Señalé con la barbilla hacia la maleta en la que hacíamos el tráfico de *Palinuros*.

—¿Los conseguiste? —pregunté.

—Tuve que comprarlos, ésos nomás los sacaba de la biblioteca volviéndolos invisibles. Y para conseguir tantos iba a tener que peregrinar por todas las facultades de letras del país. Para la otra, avíseme con tiempo.

—¿Cuánto?

—Mil cien pesos.

—¿¡Qué!?

—Cien cada uno. Pero no se preocupe, abuelo, saqué el dinero del presupuesto de la operación.

—¡Qué bueno!, porque no te iba a pagar.

Se inclinó hacia la maleta y fue abriendo el cierre mientras decía:

–También le traje otra cosa.

–¿Las obras completas de Adorno?

–El elixir de Tlalnepantla –dijo, colocando una botella de whisky sobre la mesa.

–¿Cuánto?

–Cincuenta pesos.

–Oye, a mí me las vendían a treinta.

–Son veinte pesos del impuesto anarquista.

Siguió bebiendo la cerveza y el tequila en silencio, preparándose para dar vuelta a la página, o para volver atrás como todavía puede hacerse en la juventud, a un momento previo a Dorotea desde donde pudiera enfilar la historia hacia un rumbo diferente. Salió de su ensimismamiento con actitud soñadora.

–¿Vio lo del avión? –preguntó.

Le dije que no y me pasó su celular para que leyera una noticia del periódico: un comando terrorista había secuestrado un avión repleto de corredores de bolsa, que hacía el trayecto de Londres hacia Nueva York, usando cinco ejemplares de la edición anotada, de tapas duras y mil cuarenta páginas, del *Ulises* de James Joyce.

–Estamos creando escuela –me dijo.

Terminó las bebidas y se despidió, diciendo que sus camaradas lo esperaban en la Ciudadela. Le estreché la mano y, antes de que se fuera, le dije:

–¿Cómo le hago para avisarte cuando se me termine el whisky?

Anotó un número de celular en una servilleta.

–Cuando llame –me dijo–, pregunte por Juan.

–¿Te llamas Juan?

–No, ése es el código.

236

Pedí otra cerveza y otro tequila, y otra, y otro, hasta que casi en el horario en el que la cantina iba a cerrar, Willem apareció con una sonrisa tan grande que me hizo darme cuenta de que nunca me había fijado en lo enormes que eran sus dientes.

–¿Y? –pregunté.

–Estoy *enamorrrado* –respondió.

–Dime que te pusiste condón.

–Condón es pecado.

–Ayúdame a llevar esa maleta al departamento. Además, tienes que lavar las sábanas.

Tuvieron que meter las excavadoras a los escombros del Hospital de Cardiología: no habían rescatado a mamá, no habían rescatado a mi hermana. Tampoco habían encontrado sus cuerpos, como los de miles más por toda la ciudad. Se empezaron a organizar funerales simbólicos, sin cuerpos, sin muertos. Lo que se enterraba, si acaso, y ni siquiera eso, era nada más el recuerdo.

Hacía pocas semanas, durante uno de sus acostumbrados arrebatos de hipocondría, mi madre nos había dado instrucciones para enterrarla en el sepulcro de su familia, en el Panteón Civil de Dolores, a un kilómetro de la Rotonda de las Personas Ilustres. Muertos sus padres, muertos sus hermanos, sólo tuve que obtener una carta de conformidad de unos primos lejanos, a los que no frecuentábamos, y que ni siquiera se molestaron en acudir al entierro.

Para preparar la ceremonia, le di una media de nylon a Ochentaytrés, una media larguísima, tan larga como las piernas de mi hermana, una media que ella no volvería a usar nunca más, y los huesos del perro fueron a parar adentro de un ataúd de pino con una plaquita de oro con

238

los nombres grabados de mi madre y de mi hermana, encima de los del abuelo, que había muerto durante la Revolución, de una bala perdida.

La tertulia terminó de leer *Palinuro de México* y para festejarlo organizaron un coctel con champaña de Zacatecas y galletas saladas embarradas de paté de atún con mayonesa.

Cuando atravesé el zaguán rumbo a la cantina y me invitaron a quedarme, les grité:

–¡Tanta elegancia me estropea la gastritis!

Y justo cuando parecía que no podía pasar nada más, de tantas cosas que habían pasado, resultó que el nuevo repartidor había estado diciendo la verdad. Sólo lo supimos cuando aquella noche Hipólita se tropezó con la lata desaparecida de chiles jalapeños en el rellano del primer piso. La asamblea del edificio lo declaró inocente de hurto y culpable de asesinato en múltiples grados: Hipólita no sobrevivió a la caída. Los tertulianos dijeron:

–La culpa es del supermercado, por contratar a ese repartidor negligente.

–La culpa es del nuevo repartidor, que no se dio cuenta de que había tirado la lata en el pasillo.

–La culpa es de la administración del edificio, que no le da mantenimiento.

240

—La culpa es del médico, por recetarle ese analgésico tan fuerte, que la dejaba mareada.

—La culpa es del yeso, si hubiera podido meter las manos no se habría golpeado la cabeza.

—La culpa es del marido, si el marido no la hubiera engañado no habría tenido que irse de Veracruz y no hubiera acabado en este edificio.

—La culpa es de la champaña, que estaba muy fuerte.

—La culpa es de Hipólita, por tomarse tres copas de champaña.

Yo quise contribuir:

—¡La culpa es de Fernando del Paso, por no hacer más breve el *Palinuro!*

En urgencias dijeron que iba atiborrada de analgésicos. Al menos no le había dolido. No hubo funeral, ni entierro, porque los hijos incineraron el cuerpo y se llevaron las cenizas a Veracruz. Dijeron que las iban a regar al pie del Pico de Orizaba. En lugar de procesión funeraria, la tertulia en pleno organizó una marcha de protesta al supermercado. Juliette, que era una sentimental, les regaló cincuenta kilos de jitomate. Cuando, desde mi balcón, vi que el contingente enfilaba, les grité:

—¡Hay una librería del Fondo de Cultura Económica en la calle Tamaulipas!

Tratando de entender todo lo que había pasado, escribí en el cuaderno: *¿Cómo podía entenderse todo lo que había pasado? ¿Cuál había sido el sentido de que pasara? ¿Era una reivindicación de los olvidados, de los desaparecidos, de los malditos, de los marginales, de los perros callejeros? ¿Era una manera complicada de decir que los historiadores del arte eran revisionistas? ¿Era una broma pesada de la vida para quitarse de encima a Hipólita? ¿O todo había sido orquestado por el destino para unir a Willem y a Dorotea? ¿Y si tuvieran un* *hijo? ¿Y si un niño acababa siendo el resultado de toda esta historia? ¿Era acaso la vida que pedía abrirse paso a cualquier precio? ¿O, peor, había una enseñanza moralista y yo tendría que dejar de beber y encauzar mis compulsiones hacia otra actividad, por ejemplo escribir una novela?*

La necesidad de comprenderlo todo, de intentar resumirlo en un aprendizaje, me produjo un sueño intranquilo. En algún momento de la madrugada, al final del pasillo de una larga sala de exposiciones, reconocí el contorno inconfundible del Hechicero. Caminé hacia él y lo vi acercarse hacia mí, rodeado de la habitual jauría de chuchos melancólicos.

–Ahora sí ya estás listo para escribir mi novela –me decía.

–Felicidades –le respondía yo.

–¿Por qué?

–Por la exposición.

–¿Tú crees que a mí me interesa el reconocimiento de la posteridad?

–¿No?

–Yo he sufrido más que Cristo, eso nada lo puede remediar.

–Tampoco una novela.

–Tienes razón, pero la novela que vas a escribir es *sobre mí*, no *para mí*.

–¿Y para quién es, entonces?

–¿Para quién va a ser? Mira.

Entonces se levantaba la camisa y sacaba, de debajo del pantalón, donde lo traía fajado, un ejemplar de la *Teoría estética*. Abría el libro sin dudar, en la página 36, y me ordenaba:

–Lee aquí.

Y yo leía una frase que resaltaba en letras doradas: *Lo nuevo es hermano de la muerte.*

—¿Me voy a morir? —le preguntaba.

—Todavía no —me respondía—, primero vas a escribir una novela. Ahora despierta.

—¿Cómo?

—¡QUE DESPIERTES, CARAJO!

Desperté, sudando frío, con un dolor agudo en el hígado y me levanté a tomar un vaso de agua y a buscar una pastilla que me tranquilizara. Al atravesar la sala a oscuras vi una lamparita encendida. Busqué el interruptor de la luz a tientas. Cuando lo encontré, el foco iluminó a Francesca, ataviada con una larga bata de seda roja, que estaba sentada en mi silloncito, usando la lámpara china para leer mi cuaderno.

—Deme las llaves —le ordené.

Me enseñó un manojo repleto.

—La mía —insistí.

—No puedo dársela —respondió—, es mi responsabilidad, la responsabilidad del presidente de la asamblea. ¿Quién cree que abre la puerta cuando hay un muerto?

—¿Se ha estado metiendo a mi departamento en la madrugada todo este tiempo?

Se quedó callada, concediendo que eso era lo que había estado haciendo.

—¡¿Pero cómo es posible que no me haya dado cuenta hasta ahora!? —le pregunté en voz alta, aunque parecía más bien una expresión de sorpresa que rebotara dentro de mi cabeza.

—Tiene el sueño pesado. Quizá si no tomara tanto...

—¿Si no tomara tanto usted no se metería a espiar mi cuaderno?

Se levantó y colocó el cuaderno donde habían estado posadas sus suaves y firmes y largamente anheladas aposentaderas.

—Ahora sí está usted listo para escribir la novela –dijo.

—¿¡Cómo!?

—Que ya puede empezar a escribir la novela.

—Hay una cosa que no entiendo –dije.

—¿Qué?

—¿Por qué tanta insistencia?, ¿para qué?, ¿usted que gana?

—¿No lo entiende? Yo trabajo para la literatura.

—¡No me diga! ¿Y le pagan una beca?

—Algo así.

—¿*Algo así?*, ¿qué es *algo así?*, ¡no puede meterse a mi departamento y ponerse a jugar a las adivinanzas!

—Lo que yo gano es una novela.

—No me va a salir ahora con que es una musa.

Se quedó de nuevo callada para confirmar mi sospecha y yo levanté las cejas lo justo para exigir una explicación.

—¿Qué esperaba? –respondió–. ¿Una ninfa revoloteando al lado de un río? ¿Una jovencita translúcida de larga cabellera rubia y ojos azules sentada en un café de París? ¿Una morena de senos enormes amamantando a los hijos de la tierra?

—Para ser una musa actúa usted de manera bastante retorcida.

—Y no se olvide que tengo el certificado médico, si se sigue poniendo rejego lo mando al asilo.

—Yo pensaba que las musas inspiraban, no que extorsionaban.

—Esto es la vida real, esto no es literatura. Y no se haga, que lo único que usted quería era acostarse conmigo.

—¿Y?

—¿Y qué?

—¿Se me va a hacer?

Se llevó las dos manos hacia la cintura, hacia la cinta de seda que servía de cinturón de la bata, y apretó suavemente el nudo, tan suavemente que el gesto en lugar de una negativa tuvo el aire de una vaga promesa.

—Ya veremos —respondió—. Primero escriba la novela. Escriba sobre nosotros. Todo lo que nos pasó. Escriba nuestra historia.

Le mostré con ademán de torero el camino de la salida y la vi irse, empujada por su petulancia ordinaria, dejando tras de sí un tenue aroma a fragancia de limón. Así que iba a tener que ponerme a escribir una novela. Francesca no sabía con quién se estaba metiendo. Al día siguiente convoqué de urgencia a Mao y, usando las técnicas que había aprendido en la toma de edificios públicos, instalamos un sistema para atrancar la puerta del departamento. Por la noche me serví la última del día, que luego acabó resultando ser la tercera antes de la penúltima, y empecé a pensar en una novela que el autor no quiere escribir, una novela sobre lo que no se sabe que se ha vivido, una novela de lo que no se ha vivido y, sin embargo, se sabe, una novela que sería como un plato de tacos de perro. Me puse a hojear la *Teoría estética* al azar, fui releyendo los fragmentos subrayados, tomándolos como inspiración, y abrí el cuaderno y empuñé la pluma y empecé a escribir: *Por aquella época, cada mañana al salir de mi departamento, el 3-C, tropezaba en el pasillo con la vecina del 3-D, a la que se le había metido en la cabeza que yo estaba escribiendo una novela. La vecina se llamaba Francesca y yo, faltaba más, no estaba escribiendo una novela.*

DEUDAS Y AGRADECIMIENTOS

A los integrantes del CIL, el Comité Íntimo de Lectores, que mejoraron significativamente el manuscrito de esta novela con sus apreciaciones: Andreia Moroni, Teresa García Díaz, Cristina Bartolomé, Rosalind Harvey, Iván Díaz Sancho, Javier Villa y Luis Alfonso Villalobos.

En algún momento impreciso de la adolescencia, entre tragos de tequila, Óscar Serrano me habló por primera vez de su tío abuelo, Manuel González Serrano.

Patrick Charpenel tuvo la generosidad de impartirme una clase magistral de arte mexicano del siglo XX a través de skype. Las imprecisiones que pueda haber en estas páginas son responsabilidad de la cabeza de novelista del novelista.

Entre tragos de vino tinto y goles del Barça, Manuel Silva no se cansó de repetirme que no se podía escribir, reflexionar sobre el arte y ni siquiera respirar, si no se leía la *Teoría estética* de Adorno.

Carmen Cáliz, en su curso de mitología de la Universidad Autónoma de Barcelona, me descubrió la inquietante y magnífica obra de James Hillman (y también mafufísima).

247

Esta novela es un homenaje al Fondo de Cultura Económica, cuyos libros me han acompañado toda la vida y han arreglado más de una mesa coja, especialmente las del corazón y la cabeza.

Los textos de la exposición de Manuel González Serrano provienen, ligeramente editados, de los reportajes publicados en *La Jornada* por Argelia Castillo y Alondra Flores Soto.

María Elena González Noval fue la curadora de la exposición *La naturaleza herida*, exhibida originalmente en el Museo Mural Diego Rivera de la Ciudad de México en 2013.

Algunos de los personajes de esta novela son reales, la gran mayoría son ficticios. Algunos de los hechos narrados son reales, la gran mayoría son ficticios. Los perros son todos ficticios: ninguno murió asesinado.

Larga vida al *Palinuro de México*.

ÍNDICE

Impreso en Talleres Gráficos
REINBOOK IMPRÈS, SL,
av. Barcelona, 260 - Polígon El Pla
08750 Molins de Rei